中华远古神话衍说
三皇五帝

刘勤 等著

舜帝神话

德圣孝祖

生活·读书·新知 三联书店

Copyright © 2020 by SDX Joint Publishing Company.
All Rights Reserved.

本作品版权由生活・读书・新知三联书店所有。
未经许可，不得翻印。

图书在版编目(CIP)数据

德圣孝祖：舜帝神话 / 刘勤等著. —北京：生活・读书・新知三联书店，2020.8

（中华远古神话衍说・三皇五帝）

ISBN 978-7-108-06771-5

Ⅰ.①德… Ⅱ.①刘… Ⅲ.①神话—作品集—中国 Ⅳ.①I277.5

中国版本图书馆 CIP 数据核字（2020）第 025781 号

责任编辑	赵　炬　陈丽军
封面设计	刘　俊
责任印制	黄雪明
出版发行	生活・讀書・新知 三联书店
	（北京市东城区美术馆东街 22 号）
邮　编	100010
印　刷	常熟高专印刷有限公司
版　次	2020 年 8 月第 1 版
	2020 年 8 月第 1 次印刷
开　本	650 毫米 × 900 毫米 1/16　印张 14.25
字　数	120 千字
定　价	45.00 元

总　序

小时候，听长辈讲长征的故事，通常会这样开始："自从盘古开天地，三皇五帝到如今，历史上还从来没有过我们这么伟大的长征……"那时觉得盘古开天、三皇五帝等传说，离我们很遥远很遥远，有一种悲壮、辽阔、深邃的感觉，却是深深地刻印在心底。后来知道，那是中华民族壮丽史诗的开篇，不由得萌生出一种很崇高的感觉。

盘古开天的故事，早在两汉后期的史书中就有记载。据说当时天地一体，混沌难分。盘古君龙首蛇身，嘘为风雨，吹为雷电，开目为昼，闭目为夜。后来，他的故事在民间传播得更加神奇，说是一天醒来，见四周黑暗，他便抡起大斧劈开去，混沌的天地就这样被分开了。此后，他的呼吸，他的声音，他的双眼，他的四肢，还有他的肌肤，化作流动的风云,震耳的雷鸣,明亮的日月,辽阔的大地,奔腾的江河……从此,盘古就成为后人心目中开天辟地创造人类世界的始祖。

三皇的记载,众说纷纭。李斯的说法很权威。《史记·秦始皇本纪》载李斯的话说:"古有天皇、有地皇、有泰皇。"这样说又很笼统,于是又有人把它坐实,出现了女娲、燧人、伏羲、神农、祝融等具体人名。至于五帝,分歧就更多了。司马迁依《世本》《大戴礼》,以黄帝、颛顼、帝喾、唐尧、虞舜为五帝。而孔安国《尚书序》、皇甫谧《帝王世纪》、孙氏注《世本》,则以伏牺、神农、黄帝为三皇,少昊、颛顼、高辛、唐尧、虞舜为五帝。

在中国人的心目中,三皇五帝是华夏各民族的始祖,围绕着他们的各种神话传说格外丰富。如"绝地天通""羲和浴金乌"等,反映了人类早期通过幻想对天地宇宙、人类起源、自然万物的探索;"仓颉造文字""嫘祖始蚕桑"等神话故事既充满幻想,又很接地气;"后羿射骄阳""青要山武罗"等故事主人公敢于抗争,锲而不舍,体现出一种为大我牺牲小我的精神;"象罔寻玄珠""许由拒帝尧"等故事,描写的虽是身边琐事,但蕴含的却是大道理。这些故事,散见于群籍,需要有人作系统的整理,让更多的读者去理解、去欣赏。早年,沈雁冰(茅盾)先生著《中国神话研究》说:"中国神话不但一向没有集成专书,并且散见于古书,亦复非常零碎，所以我们若想整理出一部中国神话来，是极难的。"上世纪八十年代，袁珂先生筚路蓝缕，系统地研究中国神话，推出了一系列成果。其中《中国古代神话》是一部普及性的读物，从世界是怎样形成的开始，分十章描述了女娲补天的壮举、黄帝与蚩尤的战争、帝舜与帝喾的传说、嫦娥奔月的故事、鲧禹治水的功绩等，初步梳理出了中国远古神话的发展线索。同是蜀人的刘彦序君耗时十载，踵事增华，编纂了这部《中华远古神话衍说·三皇五帝》，继续完成这项"极难的"整理工作。作者以大家所熟悉的"三皇五帝"为纲，从创世之母，女娲神话说起，依次叙述了伏羲、神农、黄帝、颛顼、帝喾、尧帝、舜帝等与其臣僚、配偶、子嗣、敌友的错综关系以及相关神灵故事和神话传说，将纷繁复杂的远古神话故事，条分缕析，构成八个系列，广泛涉及文学、神话学、民俗学、宗教学、美术、音乐、教育学、心理学等多个学科，充分吸收近年来学术界的研究成果，多有创获。

　　首先是体例新颖。八个系列包含了八十篇故事。每篇分为四个部分，即"原典""今绎"（故事）"注释"和"衍说"。每则故事，都是基于作者的综合研究，用简练、诗化的现代语言讲述出来。"原典"既包括神话原典，也包括学界成果，说明"今绎"的故事，言必有据。"注释"是对故事中的一些疑难字词加以注音释义，尤其是一些神话人名和地名。作者在叙述中华远古神话传说演变的过程中，又站在

"如今"的立场上,从历史学或神话学的角度,对这些神话故事进行了专业"衍说",一则交代神话故事及相关背景、历史事件、象征意义,二则阐释经典神话中的审美价值、教育意义。这种结构方式,使得这部著作别开生面,不仅能为普通读者,特别是青少年读者所接受,就是对于各行各业的成年读者来说,也具有相当积极的参考意义。

其次是立意高远。这套书有别于传统的耳熟能详的神话叙述方式,而采用多种形式,对中华远古神话进行独特深入的挖掘,拓展丰富了神话的内容和形式,揭示出我们的先民在创业过程中的艰辛劳作、丰功伟绩以及留给后人的启迪。如尧帝篇"偓佺献松子"的故事,作者在"衍说"中指出,人生的价值不止于长生,甚至可以说,相对于精神的不朽,肉体的长生就显得黯然失色了。人是要有一种精神的,这是我们的基本信念。所以司马迁在《报任安书》中说:"人固有一死,或重于泰山,或轻于鸿毛……"《老子河上公章句》也说:"人所以生者,以有精神。"又如感生神话,突出母子之爱;嫘祖神话,突出勤劳勇敢、乐于助人;夔神话,突出"多行不义必自毙";玄珠神话,突出正心诚意、无为而为;武罗神话,突出为了大我而牺牲小我的抉择。很多神话传说,蕴含着丰富的爱国主义、推己及人、悲悯人生、团结友爱、英雄主义等情怀,给现代教育增添了新的血液。

第三是雅俗共赏。作者满怀激情,通过诗意的语言,将遥远的神话传说带到当下。全书还配以大量插画,以普通民众喜闻乐见的方式传达深刻的人生道理,充满了诗情画意。人物的面貌与服饰,唯美、怪异、神秘,呈现出典型的东方色彩,营造出了神秘的神话氛围。图文并茂,生动活泼。通过这些神话故事,作者试图说明:神话的美,不仅在于它的奇幻和瑰丽,更在于它所体现出来的对人类的终极关怀。中华远古神话反映出人类共同的心理需求,是人类把握世界、认识世界的一种方式,也是一种重要的文化力量。

读罢全书,我很自然地就会想到毛泽东同志在《论反对日本帝国主义的策略》中说过的话。在这篇文章中,他把中国工农红军的伟大长征与盘古开天、三皇五帝联系起来,说自从盘古开天地,三皇五帝到如今,"我们中华民族有同自己的敌人血战到底的气概,有在自力更生的基础上光复旧物的决心,有自立于世界民族之林的能力"。中华民族在漫长的发展进程中,逐渐形成了共有的文化血脉。维护国家的统一,追求民族的昌盛,满足人民的幸福,是我们这个古老民族的根本所系,更是我们民族的精神象征。从这个意义上说,重新解读、理解三皇五帝的故事,其实也是一种寻根,就是要从根本上追寻我们这个古老民族的文化基因,固本培元,凝心铸魂。后世的中华帝王庙,往往以炎黄二帝作为华夏始祖,正是中华民族不忘本来、开创未来的象征。我们的文化教育工作者,就是要像总书记所要求的那样,通过自己的专业知识,从根本上讲清楚我们国家和民族的历史传统、文化积淀、基本国情;讲清楚中华文化积淀着中华民族最深沉的精神追求,是中华民族生生不息、发展壮大的丰厚滋养;讲清楚中华优秀传统文化是中华民族的突出优势,是我们最深厚的文化软实力;讲清楚中国特色社会主义植根于中华文化沃土、反映中国人民意愿、适应中国和时代发展进步要求,有着深厚的历史渊源和广泛的现实基础。

诚如作者所说,神话是一个民族的"本",是人类的"本"。我们需要从三皇五帝的故事传说中、从中华优秀传统文化中汲取养分和智慧,站稳脚跟,自觉延续文化基因,增长民族自尊心和自豪感。这是中华民族生存发展之本,凝心聚力之魂。今天的中国人,正豪迈地行进在新时代的伟大长征途中。在我们每个人的背后,都有一个长长的影子,那不仅仅是个人的身影,还有着厚重的民族文化的底色。刘彦序君通过独特的著述方式,把遥远的三皇五帝,清晰地展示在我们面前,如此近切,如此生动,有助于我们更好地理解我们的过去、现在和未来,也有助于我们更好地理解自己。

正基于这样的认识,我积极推荐《中华远古神话衍说·三皇五帝》。

刘跃进

己亥岁末写于京城爱吾庐

开 篇

人的历史,不仅有物质的历史,更有共尊共传的精神史。

神话,是一个民族的记忆和血性,也是人类共同的智慧和梦想。

再也没有比神话更惹人争议的事物了。这里我不去说它饱含的复杂理论和深奥学问,我关注的是人与神话本身。

古往今来,不知有多少文人骚客钟情于神话。庄子演神话为寓言,李白借神话抒逸篇,干宝铸伟史于志怪,松龄寄情怀于狐仙。经、史、子、集中,哪一处没有神话的身影?及至当代,神话又变换身姿,通过影视、新媒,一再地被创造、演绎并发酵。

神话并不仅仅是以一种高高在上的姿态存在,实际上更多时候,它是"随风潜入夜,润物细无声"般地融入我们生活的方方面面。比如,我们即使知道自己是父母所生,却仍骄傲地称自己为"龙的传人"。神话已然成为一种符号、象征,以及打上了民族烙印的精神寄托。

曾几何时,中国神话"零散、不成系统"的结论,似乎已经由老一辈神话学学者和民俗学家的阐释,深入人心。曾几何时,中国人艳羡希腊北欧神话,感叹我们的永久性缺失。然而,经过多年的神话研究我才发现,中国神话并不寥落,只是亟待钩沉和连缀,亟待唤醒并将其转变为一股催人奋发的力量。

不可忽视,在浩如烟海的中国古籍中,频频出现神话;而今华夏大地上,仍不断地滋生着新的神话。如梦,如烟,如螭龙,如钟磬,谁能摹状它的奇美灵动、它的细微浩瀚、它的庄严怪诞?它似乎始终有一种摄人心魄的力量,让人努力地超越"人"的世俗,而走向神圣的境地。

近半个世纪的神话学研究,在相近学科的成长之下,迎来了短暂的辉煌。一批神话资料的整理、分析和研究,以及比较研究,都取得了可喜成绩。然而,如同大部分社会科学的科研成果一样,它们被束之高阁,远离众生,自然也难以为人们所接纳。我们的此套丛书,算是科研转化的开山之作吧!

20世纪80年代前后,曾有一批知名画家为神话画过插图,付梓即成经典。后来,出版社不断翻印,可惜无论在形式还是内容上,40年来实在没有实质性突破。所以至今大家耳熟能详的仍然莫过于《盘古开天》《女娲补天》《精卫填海》《后羿射日》《嫦娥奔月》等寥寥几篇而已,大量神话无处寻踪，又或杂糅后起传说故事、童话、鬼话以及西方神话寓言故事，在时间、类别、精神、体系上完全不加甄别，引起读者的混淆。但是，值得注意的是，这寥寥几篇神话自诞生以来被万千次地引用，蕴含其中的中华文化基因和精神特质，每每让读者升起民族自豪感，产生奋起前行的活力。这又足以说明，中华神话作为民族文化之经典，即使过去千年，不仅不会褪色，反而如醇酒，历久弥芬。

因此，对中华神话的深入挖掘、整理，重新架构中华神话的完整体系，展示中华民族生生不息的文化基因和精神特质，是一项亟待进行的重要的文化工作。

"中华远古神话衍说·三皇五帝"即是首次对中国神话进行独特的挖掘、整理、改编、注解、评说的系统文化工程，前后耗时十载。丛书以"三皇五帝"为纲。

所谓"三皇五帝"，就是"三皇五帝时代"，又可称为"神话时代""上古时代"或"远古时代"。近现代考古发掘证明，这个时代很有可能如传说那样存在过。但是，"三皇五帝"的世系属后人伪造，所列顺序也并非是前后相继的关系。然"三皇五帝"之称由来已久，它承载着相当丰富的神话、历史信息，也经历了从神化到人化，再从人化到神化的复杂过程。至于"三皇五帝"到底是哪"三皇"哪"五帝"，历来众说纷纭，莫衷一是。

先来说"三皇"。"三皇"之称，说法众多，如天皇（伏羲）、地皇（神农）、泰皇（少典）、人皇（少典）、燧人、伏羲（太昊）、神农（炎帝）、女娲、黄帝、共工、祝融等。在此聊举三种。一说是燧人、伏羲、神农（见《尚书大传》《风俗通义》《白虎通》）；一说是天皇、地皇、泰皇（见《史记》），或说天皇、地皇、人皇（见《春秋纬·命历序》）；还有说是伏羲、女娲、神农（见《春秋纬·运斗枢》《春秋纬·元命苞》）。迄今为止，学术界普遍认为，人类历史上最早出现的神灵皆为女神，后经父系社会的改造而男性化、男权化，"三皇五帝"也是如此。故今在选择"三皇"时，采用汉代纬书《春秋纬·运斗枢》《春秋纬·元命苞》的说法，并将创世女神女娲置于三皇之首。

再来说"五帝"。"五帝"之称，说法也多。如黄帝、颛顼、帝喾（高辛）、尧、舜、大皞（伏羲、太昊）、炎帝、少皞（少昊）、青帝（太昊）、白帝（少昊）、赤帝（炎帝）、黑帝（颛顼）等。在此聊举三种。一说是黄帝、颛顼、帝喾、尧、舜（见《国语》《大戴礼记》《吕氏春秋》《史记》）；一说是宓戏（伏羲）、神农、黄帝、尧、舜（见《战国策》《庄子》《淮南子》）；一说是太昊、炎帝、黄帝、少昊、颛顼（见《礼记》《潜夫论》）。以第一种说法最多，故今从其说。

此外，"三皇"与"五帝"的搭配又有多种；"三皇五帝"与诸多神灵的关系也纷繁复杂。比如，黄帝、炎帝、蚩尤之间的关系，神农与炎帝之间的关系，夸父、蚩尤、炎帝、祝融之间的关系，颛顼与少昊之间的关系错综复杂，一直都是研究上古史最大的疑案、悬案。

又如，长期以来，炎帝和神农合而不分。但《史记·五帝本纪》说"神农氏世衰"才有轩辕黄帝之世作，《国语·晋语四》又说:"昔少典娶于有蟜氏,生黄帝、炎帝。黄帝以姬水成,炎帝以姜水成,成而异德,故黄帝为姬,炎帝为姜。"可知,炎帝绝非神农,也不存在后裔或臣属关系。于此,崔述在《补上古考信录》中已有详论,兹不赘述。

那两者又为什么在后来合称不分了呢?"神农",顾名思义,是反映远古农业部落时代之称号,其神格与农业密切相关。故《风俗通义》说他"悉地力,种谷蔬,故托农皇于地"。《礼记·月令》也说,季夏之月"毋举大事,以摇养气,毋发令而待,以妨神农之事也"。而炎帝又为两河地区冀州中南从事农业生产部落之首领。大概正因为两者的业绩都与农业密切相关,又都似与黄帝部族有"对立"关系,故后来合二为一,长期以来不加分辨,便难分彼此了。

因此,本书钩沉古籍,对此虽有一定分辨,但考虑到两者的长期互融互渗现实,尤其是炎、黄的"对立"关系早已被弱化处理,所以作者有时也进行折中处理。再加上,本丛书"三皇五帝"中,神农为三皇之一,而炎帝未被列入,因此炎帝的故事被适当整合到了神农系列中。比如,在注重神农对于医药、五谷贡献的基础上,也不回避掺入炎帝的故事,唯其如此,才应是最"真实"的神话吧!

总之,本丛书以"三皇五帝"为线索架构故事,共80篇故事。每篇在体例上分为四个部分,即"原典""今绎""注释"和"衍说",颇具创新。"原典"是"今绎"改编的主要依据,既包括神话原典,也包括学界成果;"今绎"是科研转化的成果,是基于"原典"的改编,以简练、诗化的语言进行传述;"注释"是对文中疑难字词的注音注义,便于读者疏通文义;"衍说"是从历史学或神话学的角度,进行专业性和知识性的拓展,便于读者对中国神话有更加深入的认知。

改编所依据的原典遴选自上百种古籍,参考了后世研究文献和当今前沿成果,学术依据充分。改编时充分挖掘原典的精神内涵和想象空间。故事设置波澜起伏、耐人寻味。对每个故事的评说,力求见解独到,能给读者以启发。显然,本丛书在中国神话改编中所具有的创新性和前沿性,将为中国神话的接受和传播开创更为广阔的空间。

正所谓"本立而道生",神话就是一个民族的"本"、人类的"本"。神话本身所具有的认识功能、审美功能、符号象征功能,必将给我们以及后世子孙提供不竭源泉。中华民族诚然是一个博大坚韧、自强不息、富于希望的民族,这难道不是神话祖先和文化英雄们立人立己的精神为我们留下的璀璨瑰宝吗?

"问渠那得清如许,为有源头活水来。"江河东去,日月西行;回溯神话,云上听梦,不仅仅是探奇求胜的奇妙之旅,更是回归本心的家园之依啊!

彦序 上颐斋
2018 年 8 月 31 日

目录

总序/刘跃进 | 1

开篇 | 1

绪言 | 1

宵明烛光 | 1

【原典】 | 3
【今绎】 | 6
【衍说】 | 17

尧三验舜 | 21

【原典】 | 23
【今绎】 | 24
【衍说】 | 36

娥皇女英	|39
【原典】	|41
【今绎】	|43
【衍说】	|57

三年成都	|61
【原典】	|63
【今绎】	|65
【衍说】	|78

铁面皋陶	|81
【原典】	|83
【今绎】	|84
【衍说】	|96

鲧窃息壤

【原典】　　　| 101
【今绎】　　　| 102
【衍说】　　　| 115

禹定九州

【原典】　　　| 121
【今绎】　　　| 123
【衍说】　　　| 135

通灵玉琯

【原典】　　　| 141
【今绎】　　　| 142
【衍说】　　　| 157

大蛇延维 | 161

【原典】 | 163
【今绎】 | 165
【衍说】 | 177

湘妃泣竹 | 181

【原典】 | 183
【今绎】 | 185
【衍说】 | 196

后记 | 199

绪　言

帝舜，五帝之一，列于最末，以示其更为晚近。但奇怪的是，《山海经》中记载尧帝的神话很少，记载舜则较多；尧神话的神异性较舜更弱。据《大戴礼记》《世本》帝系中的古帝系，舜是颛顼的七世孙，隶属穷蝉一系（这与源自青阳一系的帝尧不同）。不过，据考证，舜的原型极其复杂，学界说法很多。比如，说舜即帝喾、帝俊（或帝俊的分化）、畯、湘君等。这些说法仁者见仁，智者见智，据不同神系提出，难以统一。

不过，舜又名重华，无异议。《楚辞·离骚》记载："济沅湘以南征兮，就重华而陈词。"《楚辞·九章·涉江》又说："驾青虬兮骖白螭，吾与重华游兮瑶之圃。"王逸注："重华，舜名也。"为什么叫"重华"呢？主要有两种说法，一种说法是"重华"即重瞳子。《史记·五帝本纪》云:"虞舜者,名曰重华。"张守节正义:"(舜)目重瞳子,故曰重华。"一种说法是"重华"即说舜的品德功勋与尧重合。《尚书·舜典》:"曰若稽古帝舜,曰重华,协于帝。"孔传:"华,谓文德。言其光文重合于尧,俱圣明。"虽然《史记》记载在后,但或许更接近真实吧!

关于舜的神话传说古籍中记载很多。本系列《德圣孝祖——舜帝神话》共精选了与舜帝相关的10个神话故事,分别是《宵明烛光》《尧三验舜》《娥皇女英》《三年成都》《铁面皋陶》《鲧窃息壤》《禹定九州》《通灵玉琯》《大蛇延维》《湘妃泣竹》。这些篇章主要讲述了舜帝时代发生的一系列神话故事,比如舜与尧、妻子、父母、弟弟、臣僚、百姓之间的神话故事,反映了远古帝王、英雄们在华夏民族建立中的赫赫之功和美好品性。

总的来说,舜是中国历史上第一个拥有完整人格的人。舜所经历的苦难,去掉了远古神话中至上神的全能性。"父顽,母嚚,弟傲",是每一个普通民众都可能遇到的困难,而舜解决问题的办法,回避了神性,采用的是普通人解决问题的办法。对待父母兄弟,他忍让谦卑,以德报怨。这是中国传统文化宣扬的道德典范。被赶到荒僻的历山,舜可以说陷入了绝境,但他并没有因此而消沉颓废,而是振作精神,开拓进取,终于渡过难关,成就大业。这种乐观积极的生活态度实在是值得我们学习。

《宵明烛光》讲的是舜妃登比氏所生俩女儿的故事。舜帝的妻子登比氏怀孕整整三年生不下孩子。神灵在梦中告诉舜帝，登比氏将生出一对双胞胎姐妹。她们是光明之神。孩子见风长，三天就出落成妙龄少女，并离开父母去遥远的大泽驱赶黑暗恶魔。与父母的长期分离，让她们的思念与日俱增。于是姐妹俩相约轮流回去看望父母，每次回去都会给父母带去她们精心准备的礼物，登比氏也总会给孩子准备美食。天上地下，最动人的情，莫过于亲情，神人也不例外。

《尧三验舜》讲的是尧在禅位之前对舜的三次考验。四岳长老推荐以孝闻名的舜来继任君位。尧设置了三个难题，舜一一解决了。第一个难题是看舜是否有管理能力，结果舜到朝堂做官，无论是管理农业还是音乐，都做得很好；第二个难题是看舜能否制服大麓中的毒蛇猛兽，结果舜靠仁德和勇气收服了它们；第三个难题是看舜能否走出迷林，结果舜靠执着、坚韧和智慧，不仅走了出去，还开辟出一条宽阔的道路。

《娥皇女英》讲的是舜、二妃与父母、象弟之间的故事。为了进一步考验舜，尧把女儿娥皇、女英嫁给了他。舜的弟弟象贪恋娥皇、女英的美貌，也垂涎她们的陪嫁之物。于是，象弟撺掇母亲和继父一起来谋害舜：借口修粮仓烧死舜；借口挖深井活埋舜；借口喝酒杀死舜。他们设计三次，舜三次在娥皇、女英的帮助下，化险为夷。继母、瞽叟、象弟一伙终于偃旗息鼓，舜也顺利通过尧的考验。

《三年成都》讲的是舜被继母赶出家门后，在历山历练、成长的故事。历山环境恶劣，野兽出没，人烟稀少。舜振作精神，在历山住下，准备种庄稼。尽管猎户告诉他这里种不出庄稼，舜还是决定自己试试。他的勤劳和仁慈终于得到了回报。山中的动物朋友们也纷纷前来帮忙。到了秋天，舜果然种出了庄稼。舜不仅不记恨继母，还把自己种出的粮食分给她。与此同时，人们听说舜的仁德，纷纷搬到历山来居住。后来，舜又得到了玉历的启示和老人的帮助，发明了历法。这让人们年年都能获得丰收。搬来历山的人越来越多，三年后，这里从一个荒无人烟之地变成一个热闹的城市。

《铁面皋陶》讲的是尧舜时人皋陶的故事。远古时代，六安的风气并不好，于是皋陶奉命到六安履职。上任时，他遇到了一件为难的事情：村子里丢了东西，神羊（獬豸）辨别是皋陶的舅舅偷的。皋陶作为断案的"法官"，他是尊重真相、秉公执法呢，还是偏袒舅舅、徇私枉法呢？皋陶选择了前者。正是因为皋陶的这份责任担当，他得到了舜帝的赞赏，并被誉为中国司法的鼻祖。

《鲧窃息壤》讲的是鲧偷窃天帝息壤以塞洪水而遭受惩罚的故事。天帝降下惩罚人类的大洪水，善良的天孙鲧想治理洪水。冥界的乌龟和猫头鹰告诉鲧，有一物叫息壤，能自生自长，可以堵住洪水。只是息壤是天帝的宝物，被秘密地藏在冥界。鲧为了人间的百姓，在乌龟和猫头鹰的帮助下，偷出了息壤。他将息壤投入洪水，果然遏制住了洪水。天帝得知后，震怒异常，派祝融杀死鲧，收回了息壤。鲧死后，身体三年不腐烂。他的肚子里正孕育着一个新生命，将继承他的意志。

《禹定九州》承接上一个故事讲，鲧死后，洪水继续肆虐人间。鲧的儿子禹，继承了父亲的遗志，发誓要治理洪水。禹认为，洪水的根源在于水神共工。于是，禹召集诸神，将共工囚禁。这时天帝也有所悔悟，派玄龟送来息壤。可是，洪水蓄积已久，息壤根本堵不住，人间再次被洪水淹没。在禹和众神都无能为力之时，河伯带来了河图，并告知水的秘密。大禹在河图的指引下，让神龟背土、神龙开路，将天地间的水连接起来，并使其循环不止，终于止住了洪水。之后，大禹又将天下分成九州，安排百姓居住四方，繁衍不息。

《通灵玉珀》是一则灵物故事。西王母有一支神奇的白玉珀，它的魔力是能令万物生长。因舜至孝至善，白玉珀择他为主。不巧，舜将白玉珀放入匣中这一幕，却被一身怀奇功的大盗所窥。大盗偷走了白玉珀，并将其藏于地下洞穴。此大盗素无德行，且虐待父母。最后，白玉珀的反噬作用使其罪行曝光并有所醒悟。

《大蛇延维》是则神兽故事。延维是条双头大蟒蛇，一个美女头，一个俊男头。相传见到它的人都会死去。它吃掉善妒狠毒的女人，吞掉贪婪狂妄的男人，似乎正印证了这个传说。延维四处游荡，弄得人心惶惶。年迈的首领心系百姓安危，祈求上苍召回延维，并愿以十年寿命相抵。延维应声而出，使出各种法子考验首领。首领经受住了考验。延维也被首领的大爱、大无畏精神震惊了。它便摘掉官帽，褪去华服，离开了村庄。

《湘妃泣竹》讲述的是舜二妃闻舜死讯，以身殉情的故事。娥皇和女英是舜帝的两个妃子。她们不仅美丽善良，还是舜执政的好帮手。舜帝晚年，仍然对国家、百姓劳心劳力，最终死在了巡游途中。二妃得知后，坚决要去凭吊舜。于是，姐妹二人不顾路途艰辛，相互扶持，跋山涉水终于来到了舜帝坟前。二人扑倒在坟前，哭得声嘶力竭、肝肠寸断。她们的眼泪洒在了周围的竹上，最后化成紫褐色、红褐色的斑点或斑块。这就是"湘妃竹"的由来。

最后，还有几点说明：

第一，本书与时著体例不同，尤其是每个故事后面的"衍说"，从专业角度拓展了该神话故事的相关文化知识和理论视野，指出了现实意义。但是，囿于作者的能力和识见，肯定有挂一漏万和阐释不当不足之处，恳请各位善知识不吝赐教。

　　第二，故事叙述用诗行排列，力求简练、疏朗，并凸显每个故事、人物的独特性和精神特质。为避免出现复杂的人物关系，我们对有些形象进行了简化甚至省略，读者若想获取全貌，不妨将单篇连缀起来阅读，或据"衍说"按图索骥。

　　第三，本书的神话故事，因所采文献博杂、零碎，有些故事原典之间本身矛盾龃龉，改编时，作者为避免削足适履之感，在基本遵循原典精神的前提下，有时据故事需要酌情取舍。此套丛书的编写虽有严格的文献依据，也有一定的专业性解说，但毕竟非严谨的神话学学术著作，或可视为学术研究向大众读物的下移，故更注重故事的文学性、神话性和可读性，若要坐实历史或仅以学术标准核之恐失作者初衷。

　　是为序。

彦序　上颐斋
2019 年 5 月 22 日

宵明烛光

刘勤 杨陈 撰
谢鸿宇 绘

白門秋火

【原典】

○(战国)《山海经·海内北经》:"舜妻登比氏生宵明、烛光,处河大泽。二女之灵能照此所方百里。一曰登北氏。"郭璞注:"宵明、烛光,即二女字也,以能光照,因名云。"

○(战国)《山海经·大荒北经》:"有大泽方千里,群鸟所解。"袁珂说:"大泽有二:一乃《海内北经》'舜妻登比氏生宵明、烛光,处河大泽'之大泽,一即此泽。此泽即《海外北经》所记'夸父与日逐走,北饮大泽'及此经'夸父将走大泽'之大泽。"

○(晋)郭璞《山海经图赞》:"水有佳人,宵明、烛光。流耀河湄,禀此奇祥。维舜二女,别处一方。"

○(清)姚东升辑,周明校注《释神校注》中引南宋罗泌《路史·余论九·黄陵湘妃》:"岳之黄陵,癸北氏之墓也。湘之二女,虞帝子也。历世以为尧女舜妃者,由秦博士之妄对。始癸北氏,虞帝之第三妃。而二女者,癸北氏之出也,一曰宵明,一曰烛光,见诸汲简皇甫氏之《世纪》《山海经》言'洞庭之山,帝之二女居之'者也。若《九歌》之湘君、湘夫人,则又洞庭山之神尔。而罗含、度尚之徒,遽断以为尧之二女,舜之二妃,而以黄陵为二妃之墓。郑玄、张华、郦道元辈且谓:大舜南巡,二妃从征,溺死湘江,神游洞庭之山,而出入乎潇湘之浦。为是说者,徒见《尧典》有二女之文,即以为尧之女,而舜之妃,不复致考,厥妄甚矣。郭景纯云:尧之二女,舜之二妃,岂应降小水而为夫人?当为天帝之女。斯亦谬者。夫使天帝之女,尤不应降小水而为夫人。王逸、韩愈从而辨之,得其情矣。且虞帝晚年,亦既退听而禅禹矣。南狩之举,总之伯禹,而二妃者,俱过期颐,孰有从狩之事哉?今考皇英之冢,既各它见,则此黄陵显非二妃之窆,而湘祠决非尧女之灵,皆昔人之囿说知矣。《山海经》云:'舜之二女,处河大泽,光照百里。'夫大泽者,洞庭之谓。而光照者,威灵之所暨也。讫今湘神所保灵正百里。所谓分风送客者,乃正囿一同之间。然则湘灵为虞帝之二女,复何疑耶?"

○(清)姚东升辑,周明校注《释神校注》:"舜三妃,名少匽。"周明案:"本条姚氏未注明出处。《山海经·海内北经》云:'舜妻登比氏,生宵明、烛光,处河大泽,二女之灵能照此所方百里。一名登北氏。'清吴任臣《山海经广注》云:'登北,书多作癸北,《姓纂》又作癸比,舜之第三妃也。《冠编》云:禹封癸比氏之出于巴陵蛙萤子。又云:癸比氏从子封巴陵,生二女,是谓湘神。《楚辞》所称湘夫人者,指宵明、烛光也。《说略》曰:湘阴黄陵为癸比之墓,而临桂县城北十余里有双女冢,特舜女也。程良孺云:舜三妃,亦名少匽。'"

附:

○袁珂《中国神话史》:"《山海经》另记有两对女神,也呈现了只有原始母系氏族社会才能具有的那么重要的神格——

'洞庭之山,……帝之二女居之。是常游于江渊,澧沅之风,交潇湘之渊,是在九江之间,出入必以飘风暴雨。是多怪神,状如人而载蛇,左右手操蛇。多怪鸟。'(《中次十二经》)

'舜妻登比氏,生宵明、烛光,处河大泽。二女之灵,能照此所方百里。'(《海内北经》)

前一条郭璞注云:'天帝之二女而处江为神也。'汪绂注云:'帝之二女,谓尧之二女以妻舜者娥皇、女英也。'二家的说法都对,不过都只说着了一半;不知尧之二女即天帝之二女,盖古神话中尧的神格实在相当于天帝。后一条不用多解说,已可见作为天帝的舜的神格。《山海经》中舜的神话常和帝俊神话相混,可知舜即帝俊。这里的舜妻登比氏生宵明、烛光,无非又是帝俊妻羲和、常羲生日月神话的演化。——母系氏族社会传述的重要女神,大概就是如上所述的这些了。"

【今绎】

一

舜帝的妻子登比氏①已经怀孕整整三年了!
近来她的肚子越来越大,越来越痛。
她声嘶力竭地叫喊着,
蓬乱的头发被汗水一遍遍打湿。
她急促地喘息着,
十指紧攥着草席,仿佛要拧出血来。
可就是一直生不下来!
有的人说:"这一定是个不祥之兆,得赶快请巫师来祓除②!"
也有人说:"这是个好兆头,大凡圣贤出生,都异于常人!"

---

①登比氏:中国古代神话传说中舜帝的妻子,生了身带神光、灵照百里的宵明和烛光,共同生活在黄河边上的大泽。一说"登北氏",《路史》也作"癸比氏"。癸比是中国历史上罕见的复姓,源于古癸比部族,据说是上古时期蒲坂地区(今山西永济)缶姓部族的一个分支。

②祓除(fú chú):中国古代常用的一种请巫师除凶去垢、消灾求福的原始宗教仪式。有的濯于水滨,有的秉火求福。

舜帝的妻子登比氏已经怀孕整整三年了!

近来她的肚子越来越大,越来越痛。

她声嘶力竭地叫喊着,

蓬乱的头发被汗水一遍遍打湿。

二

看着妻子疼痛难忍,备受煎熬,
舜帝非常心疼,恨不能代她受罪。
他焦虑得整夜整夜睡不着。
一天凌晨,疲惫不堪的舜终于迷迷糊糊睡着了。
他做了个梦,梦里光芒四射,使得他睁不开眼。
一位神灵乘风而至,告诉他:
"舜帝啊,你的妻子将生出两个女儿。她们是光明之神!"
说完便消失了,光芒随之敛去,
只留下黑暗中孤独而彷徨的舜。
"呱哇——"一只巨大而丑陋的青蛙突然跳出来,
向他喷出一股又黏又臭的东西……

三

"啊——"舜被惊醒了,吓出一身冷汗。
他正想告诉妻子神灵的话,
突然看到从妻子的肚脐处发出两缕光。
一缕是金色的,一缕是银色的,
最后像麻花一样缠绕,旋转着落到地上,

转瞬间,竟幻化成两个漂亮的小姑娘!

四

先落地的是姐姐,
背上闪烁着一对金色的翅膀,
一张开,金色光芒四射;
后落地的是妹妹,
背上闪烁着一对银色的翅膀,
一张开,银色光芒四射。
两个小姑娘在地上蹦蹦跳跳,追逐嬉戏,飞来飞去,越长越大,
三天就出落成妙龄少女。
二女神光所照,方圆百里。

五

"父亲、母亲,我叫宵明,是太阳的使者。"姐姐说。
"父亲、母亲,我叫烛光,是月亮的使者。"妹妹说。

先落地的是姐姐,

背上闪烁着一对金色的翅膀,

一张开,金色光芒四射;

后落地的是妹妹,

背上闪烁着一对银色的翅膀,

一张开,银色光芒四射。

舜帝和妻子高兴得合不拢嘴,他们为有这样的女儿感到骄傲。

"父亲、母亲,我们已经长大了,将去遥远的大泽驱赶黑暗恶魔。"两个女儿齐声说。

舜帝和妻子满含热泪送别女儿,
目送她们消失在五彩斑斓的霞光里。

六

古往今来,不知有多少英雄死在这无情的大泽中。
千万年来,黑暗恶魔总是不断积蓄力量,试图摧毁光明。
宵明和烛光站在云端看见大泽中出现一阵阵旋涡,
像要吞噬人的血盆大口,发出像猛兽一样的咆哮。
那是释放罪恶的渊薮①,
那是酿成灾难的祸首。

---

① 渊薮(yuān sǒu):"渊"指鱼居住的深水,"薮"指兽聚居的水边草地。两字连用,即鱼和兽类聚居地的意思,也泛指人和事物聚集的地方。《尚书·武成》:"今商王受无道,暴殄天物,害虐烝民,为天下逋逃主,萃渊薮。"

鸟儿飞到上空,就落下羽毛,坠落死亡,①
船儿失去方向,被无情地卷入这旋涡中……

七

宵明和烛光焦急万分。
她们连夜奔赴大泽,在云端目睹这一切,
赶紧张开翅膀,
顿时,万道光芒铺满了整个黑暗大泽。
神光所到之处,罪恶无法遁逃。
伴随着一阵阵凄厉的怪嚎,
"血盆大口"渐渐变小,渐渐变小……
最后,大泽恢复了平静。

---

①这一情节化用"委羽"故事。《淮南子·墜形训》云:"北方曰积冰,曰委羽。"又曰:"烛龙……蔽于委羽之山,不见日。"《古今图书集成》引《潜确类书》曰:"委羽山……昔刘奉林于此控鹤轻举,鹤堕羽翩,故名。"可知鸟到委羽之山而落羽翩。关于鸟落羽翩的记载,古籍中还有多处,而此又是和鸟死亡相关的。如《楚辞·天问》曰:"羿焉彃日?乌焉解羽?"王逸注曰:"尧命羿仰射十日,中其九日,日中九乌皆死,堕其羽翼。"似乎也与此处有关。

古往今来,不知有多少英雄死在这无情的大泽中。

船儿失去方向,被无情地卷入这旋涡中……

八

"姐姐,我们已经离开父母整整一年了,我好想念父亲和母亲啊!"

"是啊,妹妹,我也想念他们了。我们还没有尽到做女儿的孝道呢!"

想着母亲怀孕三年所遭的罪,

想着父亲为民奔波所受的累,

姐妹俩流下了感激而悲伤的泪水。

"姐姐,现在黑暗恶魔已暂时被控制住,我们轮流回去看看父母吧!"

"这个办法不错,但是一定要早去早回!"

九

就这样,姐妹俩不远万里,

每天轮流回家,看望日趋年迈的父母。

每次回去,都会给父母带去她们精心准备的礼物:

或一片最新鲜的树叶,

或一朵最鲜艳的花朵,

或一小罐最甘甜的泉水……

十

清晨晚上,登比氏总要站在家门外翘首企盼,
屋里锅内,总是煨着孩子们最喜欢吃的肉羹。
当她接过孩子的礼物,
哪怕是一片树叶——
仿佛都得到了整个世界。

十一

父母最开心的事情,莫过于儿女能在身边陪伴。
宵明和烛光是光明女神,是正义女神。
她们有上天赋予的伟大使命,
但是,在她们父母的眼里,
她们是可爱的女儿,是贴心的小棉袄。

宵明烛光

父母最开心的事情,莫过于儿女能在身边陪伴。

但是,在她们父母的眼里,

她们是可爱的女儿,是贴心的小棉袄。

【衍说】

关于宵明、烛光,历来说法甚为淆乱;又因资料匮乏,实在难以厘清。

一说,舜有三妃,娥皇、女英、登比氏;一说,女英即登比氏。一说,二女宵明、烛光实为二妃娥皇、女英;一说,宵明、烛光为湘君和湘夫人。

清人姚东升在《释神》中记载:"舜三妃,名少匽。"此说它处不载,成为孤证。《山海经·海内北经》:"舜妻登比氏生宵明、烛光,处河大泽。二女之灵能照此所方百里。一曰登北氏。"郭璞注:"宵明、烛光,即二女字也,以能光照,因名云。"清代吴任臣《山海经广注》说:"登北,书多作癸北,《姓纂》又作癸比,舜之第三妃也。《冠编》云:禹封癸比氏之出于巴陵蛙萤子。又云:癸比氏从子封巴陵,生二女,是谓湘神。《楚辞》所称湘夫人者,指宵明、烛光也。《说略》曰:湘阴黄陵为癸比之墓,而临桂县城北十余里有双女冢,特舜女也。程良孺云:舜三妃,亦名少匽。"《路史》也作"癸比氏"。"癸比"是中国历史上罕见的复姓,源于古癸比部族。据说是上古时期蒲坂地区(今山西永济)缶姓部族的一个分支。

早在南宋时期,罗泌所著的《路史》中就对"宵明、烛光"是"娥皇、女英"还是"湘神"的问题作了讨论。《路史·余论九·黄陵湘妃》:"岳之黄陵,癸北氏之墓也。湘之二女,虞帝子也。历世以为尧女舜妃者,由秦博士之妄对。始癸北氏,虞帝之第三妃。而二女者,癸北氏之出也,一曰宵明,一曰烛光,见诸汲简皇甫氏之《世纪》《山海经》言'洞庭之山,帝之二女居之'者也。若《九歌》之湘君、湘夫人,则又洞庭山之神尔。而罗含、度尚之徒,遽断以为尧之二女,舜之二妃,而以黄陵为二妃之墓。郑玄、张华、郦道元辈且谓:大舜南巡,二妃从征,溺死湘江,神游洞庭之山,而出入乎潇湘之浦。为是说者,徒见《尧典》有二女之文,即以为尧之女,而舜之妃,不复致考,厥妄甚矣。郭景纯云:尧之二女,舜之二妃,岂应降小水而为夫人?当为天帝之女。斯亦谬者。夫使天帝之女,尤不应降小水而为夫人。王逸、韩愈从而辨之,得其情矣。且虞帝晚年,亦既退听而禅禹矣。南狩之举,总之伯禹,而二妃者,俱过期颐,孰有从狩之事哉?今考皇英之冢,既各它见,则此黄陵显非二妃之窆,而湘祠决非尧女之灵,皆昔人之罔说知矣。《山海经》云:'舜之二女,处河大泽,光照百里。'夫大泽者,洞庭之谓。而光照者,威灵之所暨也。讫今湘神所保灵正百里。所谓分风送客者,乃正囿一同之间。然则湘灵为虞帝之二女,复何疑耶?"现代学者周明校注的《释神校注》和袁珂所著的《中国神话史》都从不同的角度对此问题有所论述。

其实,无论宵明、烛光具有何种身份,隶属何派神灵谱系,她们具有光明神的神格则是毋庸置疑的。"大泽"与神话中的"归墟""羽渊""幽都"之类意象其实具有同位关系,既表示一种无始无终的黑暗状态,又表示终始相续的生死转换。所以大泽之处会出现光明神,黑暗之处需要神光方百里,反映了远古人们积极乐观的生存斗争意识。

由于表现追求光明的神话故事颇多,也为了与当前时代意义相结合,所以本故事将主旨引到"反哺之恩"上面来,可谓另辟蹊径,别开生面,也让距人千里的英雄神话故事,多了不少人情味儿,显得更加温柔可亲。

尧二验舜

刘 勤 王春宇 撰
郑攀 绘

【原典】

○（周）《尚书·舜典》："慎徽五典，五典克从。纳于百揆，百揆时叙。宾于四门，四门穆穆。纳于大麓，烈风雷雨弗迷。"

○（西汉）司马迁《史记·五帝本纪》："尧善之，乃使舜慎和五典，五典能从。乃遍入百官，百官时序。宾于四门，四门穆穆，诸侯远方宾客皆敬。尧使舜入山林川泽，暴风雷雨，舜行不迷。"

○（西汉）司马迁《史记·五帝本纪》："尧立七十年得舜，二十年而老，令舜摄行天子之政，荐之于天。"

○（西汉）司马迁《史记·五帝本纪》："舜年二十以孝闻。三十而帝尧问可用者，四岳咸荐虞舜，曰可。"

○（西汉）刘安《淮南子·泰族训》："既入大麓，烈风雷雨而不迷。"高诱注："林属于山曰麓。尧使舜入林麓之中，遭大风雨不迷也。"

○（东汉）王充《论衡·乱龙篇》："舜以圣德，入大麓之野，虎狼不犯，虫蛇不害。"

【今绎】

一

尧帝的年岁渐老,身体也一天不如一天,
于是想要寻找一个合适的接班人。
四岳长老①推荐舜,说他是个孝顺有德的人。
尧帝不放心,打算考验考验舜,
让舜到朝堂②做官。
无论是管理农业还是音乐,
舜都做得很好,得到大家的一致认可。

二

尧帝还是不放心,决定再考考舜。

---

①关于四岳长老的说法很多。相传为尧帝的臣子。据《史记·五帝本纪》记载,分别为羲和、羲仲、羲叔、和仲,他们分居四方,观测天象。
②朝堂:是汉代正朝左右官议政之处,亦泛指朝廷。《后汉书·明帝纪》:"夏五月戊子,公卿百官以帝威德怀远,祥物显应,乃并集朝堂,奉觞上寿。"

他把舜带到大麓①,指着前方说:

"舜,大麓之中常年水患,长满了丛林荆棘,有许多毒蛇猛兽时常出来残害附近的百姓。如果你能杀了这些猛兽,就是为民除害。"

望着前方广阔的山林,舜点了点头:

"给我三天时间,我要回去做些准备。"

三

三天后,舜带着准备好的东西来到大麓。

舜走进大麓没多久,几十条毒蛇便围了上来。

"呲呲呲……"毒蛇吐着信子将舜包围住。

在不远处,一群野兽正恶狠狠地望着他。

狼群瞪着一双双绿色的眼睛,流着贪婪的口水;

老虎咯吱咯吱地磨着牙齿,饥饿的肚子咕咕叫;

豹子的爪子深深地嵌进泥土,随时准备进攻。

---

①大麓:广大的山林。《淮南子·泰族训》:"既入大麓,烈风雷雨而不迷。"高诱注:"林属于山曰麓。尧使舜入林麓之中,遭大风雨不迷也。"

大麓之中常年水患,长满了丛林荆棘,
有许多毒蛇猛兽时常出来残害附近的百姓。

四

舜心里有点害怕,但表面上看起来却毫不畏惧。

他拿出准备好的药粉洒在蛇群前方,

蛇群被药粉熏得不敢上前,其余的猛兽也直往后退。

舜盯着猛兽们问:

"你们为何要残害百姓?"

舜手握长矛,犹如一棵青松伫立在旷野之中,威武而稳重。

老虎被舜的威严所震慑,收起了爪子,低头说:

"可是,即便我们不吃人,人也要猎杀我们啊!"

舜掷地有声地说:

"只要你们保证不再伤害老百姓,

我便放你们一条生路。"

五

狼王怀疑地睨着舜:"你不是来杀我们的?"

舜摇摇头:"当然不是。

天地间的丰富资源属于所有生灵,

我们本该和谐相处,不应该互相残杀。

我会在大麓周围划定界限,

舜走进大麓没多久,几十条毒蛇便围了上来。
"呲呲呲……"毒蛇吐着信子将舜包围住。

界限内是你们生活的家园,
界限外是人们耕种的土地。
人们不能越过界限猎杀你们,
你们也不能再跑出来伤人!"
猛兽们纷纷臣服于舜的圣德之下:"我们答应您!"

六

舜收服了大麓的毒蛇猛兽后,
尧帝又带着舜来到迷林:
"这个迷林连接着两个州,
里面险象环生,没有人走得出去,
两州的百姓只能绕道而行。
若是你能开辟出一条道路,
将给大家带来很大的便利。"

七

舜刚走进迷林,四周突然变黑了。
"轰隆隆……"一阵阵雷声之后,大雨随之而来。

这个迷林连接着两个州，
里面险象环生，没有人走得出去，
两州的百姓只能绕道而行。

雨水中夹杂着拳头般大的冰雹，
打得舜立刻鼻青脸肿，头破血流。
但四周漆黑，舜不知如何躲藏。
他辨不清方向，心中有些发慌，
但他并不放弃，凭着直觉前进。
不知走了多久，舜的眼前终于出现一丝光亮，
一个灰袍老人出现在跟前。
他慈眉善目，笑眯眯地看着舜：
"年轻人，我劝你还是回去吧！没有人能走出这片迷林。"
"不，我绝不会半途而废。
万物相生相克，福祸同源。
有困难，就一定有解决困难的办法。"
舜摇摇头，捡起一根树枝当拐杖，继续前行。

八

没走几步，风雨冰雹消失，舜以为天要变亮了，
没想到这时又一阵大雾袭来。
四周白茫茫一片，舜仍然分不清东西南北。
不仅如此，
他浑身是伤，全身湿透，冻得瑟瑟发抖。

不知走了多久,舜的眼前终于出现一丝光亮,一个灰袍老人出现在跟前。

突然,一阵悦耳的啁啾传来,

舜抬头一望,是一对凤凰①在他头顶盘旋。

"舜,你跟着我们走。我们带你出迷林。"

凤凰在前面开道,白雾自动散开。

舜扔了拐杖,跟在凤凰的后面跑。

他一边跑,一边在树上刻下记号。

最后,舜终于走出了迷林。

九

舜带领一群勇敢的壮士再次进入迷林。

这次,迷林里除了大雾和荆棘,没有了风雨冰雹。

大家按照舜之前所做的记号,斩除了荆棘,

开辟出一条宽阔的道路。

---

①凤凰:亦作"凤皇",古代传说中的百鸟之王。雄的叫凤,雌的叫凰,通称为凤或凤凰,羽毛五色,声如箫乐,常用来象征瑞应。《诗经·大雅·卷阿》:"凤皇鸣矣,于彼高冈。"唐韩愈《与崔群书》:"凤皇、芝草,贤愚皆以为美瑞;青天、白日,奴隶亦知其清明。"

舜带领一群勇敢的壮士再次进入迷林。
大家按照舜之前所做的记号,斩除了荆棘,
开辟出一条宽阔的道路。

十

尧帝欣慰地看着舜,意味深长地说:
"你能驯服大麓的怪兽,坚持走出迷林,
说明你有过人的智慧和不畏生死的勇气。
但是,要做好国君,需要的远远不止这些。"
舜点了点头,明白了尧帝的良苦用心。

【衍说】

在《史记·五帝本纪》中，司马迁笔下的舜帝不像黄帝和尧帝那样，生来就是帝王命。舜不仅没有显赫的出身，还穷困潦倒，命运坎坷。因为他的孝行和出众的才德，才得到四岳的推荐，得以有机会被尧注意到。继任大统，非同儿戏，尧自然对选择继任者非常慎重。典籍中有很多关于尧考验舜的故事，诸如嫁二女、派九子。这里的"尧三验舜"，也是一种说法。舜在入朝为官、收服怪兽、征服迷林中的种种表现，赢得了尧帝和众人的认可和赞叹。

舜的形象实际上是儒家道德文化的展演。首先，舜具有"孝"的品性。"孝"自始至终都是舜最主要的符号象征和行为代言。其次，舜具有"德"的品性。《尚书》《史记》记载，"德至舜明"，"天下明德皆至虞舜始"。再次，舜无疑是智勇双全的。无论是文献记载还是民间口传，都保留着尧帝考验舜的大量说法。这些故事，虽然版本各异，情节纷杂，但主题都是一样的：无非是为了体现舜的智慧、气魄和勇气。在尧舜时代，道德、政治、法律三位一体，若不知人论世，我们便不能理解尧帝为何会从这些方面去考察王位继承人舜。

本文也是着重从这些品性去刻画舜的。他入朝为官，不仅体现了与许由等人不同的积极入世态度，还表现出杰出的管理才干。此外，舜在大麓中与怪兽们的对话，说明了舜有宽容、仁德的品性和制度意识。而征服迷林，则体现了舜的勇气、毅力和心怀百姓的政治担当。

舜是一位非常励志的帝王。如上文提到的，他出身平凡，贫困潦倒，六亲不助。但他能出淤泥而不染，树立远大理想，并为之奋斗不息。他心胸宽广，以德报怨，十分看重自身孝、德、礼、仁等品质的培养，不仅培养浩然正气，还娶得美眷相伴、得父母欢颜，成为千古流芳的一代帝王。回到现代社会，我们每个人在生活中都会遇到各种各样的困难和挫折。正所谓"人生不如意，十之八九"，但只要有勇气，够坚持，便会始终朝着自己的目标迈进，最终到达终点，实现梦想。

娥皇女英

刘勤严焱 撰
韩玲 绘

【原典】

○(周)《尚书·尧典》:"帝曰:'咨!四岳。朕在位七十载,汝能庸命,巽朕位。'……师锡帝曰:'有鳏在下,曰虞舜。'帝曰:'俞,予闻,如何?'岳曰:'瞽子,父顽,母嚚,象傲;克谐以孝,烝烝乂,不格奸。'帝曰:'我其试哉。'女于时,观厥刑于二女,厘降二女于妫汭,嫔于虞。"

○(西汉)司马迁《史记·五帝本纪》:"舜年二十以孝闻。三十而帝尧问可用者,四岳咸荐虞舜,曰可。于是尧乃以二女妻舜以观其内,使九男与处以观其外。"

○(西汉)司马迁《史记·五帝本纪》:"尧曰:'吾其试哉。'于是尧妻之二女,观其德于二女。舜饬下二女于妫汭,如妇礼。"

○(西汉)刘向《列女传》:"有虞二妃者,帝尧之二女也。长娥皇,次女英。舜父顽母嚚。父号瞽叟。弟曰象,敖游于嫚。舜能谐柔之,承事瞽叟以孝。母憎舜而爱象,舜犹内治,靡有奸意。四岳荐之于尧,尧乃妻以二女,以观厥内。二女承事舜于畎亩之中,不以天子之女故而骄盈怠嫚,犹谦谦恭俭,思尽妇道。瞽叟与象谋杀舜。使涂廪。舜归告二女曰:'父母使我涂廪,我其往?'二女曰:'往哉!'舜既治廪,乃捐阶,瞽叟焚廪,舜往飞出。象复与父母谋,使舜浚井。舜乃告二女,二女曰:'俞,往哉!'舜往浚井,格其出入,从掩,舜潜出。时既不能杀舜,瞽叟又速舜饮酒,醉将杀之。舜告二女,二女乃与舜药浴汪,遂往。舜终日饮酒不醉。"

○(西汉)刘向《列女传》:"舜既嗣位,升为天子,娥皇为后,女英为妃。封象于有庳,事瞽叟犹若焉。天下称二妃聪明贞仁。"

【今绎】

一

天色渐暗，晚霞满天。

百鸟归林，群山静寂。

"女英①——回家吃饭啦！"

娥皇②柔美的呼唤声在暮色中飘荡，回声悠扬。

她摇摇头，微笑着喃喃自语：

"淘气的小家伙！又跑哪儿去了？"

"姐姐，我在这里！"

一只乱蓬蓬的脑袋从灌木丛里探了出来，

水汪汪的大眼睛里满是兴奋和快乐。

"哎哟，我的小野人！"娥皇扬起右手，作势要打。

女英灵巧地侧身闪开："姐姐别打！我乖着呢！"

---

① 女英：相传为尧次女，舜妃。西汉刘向《列女传》："有虞二妃者，帝尧之二女也。长娥皇，次女英。"后来有时也指少女。明代叶宪祖《团花凤》："呀，原来是一个女娘，问谁家女英，问谁家女英，正在芳龄，为何投身深阱？"

② 娥皇：相传为尧长女，舜妻。《山海经·大荒南经》："大荒之中，有不庭之山，荣水穷焉。有人三身，帝俊妻娥皇，生此三身之国，姚姓，黍食，使四鸟。"

娥皇的手温柔地落在女英的头上，
仔细拣掉头发里的草屑、树叶。
然后，姐妹俩手牵手，肩靠肩，说说笑笑，
美丽的剪影洒落在回家的路上。

二

父亲尧帝年纪大了，准备挑选继承人。
有人推荐长子丹朱，说他智慧超人，善于运筹帷幄。
尧帝若有所思，摇摇头。
有人推荐鲧①，说他治水勤劳，于部族有功。
尧帝皱了皱眉头，还是摇摇头。
有人推荐舜，说他孝敬父母，待人宽厚。
尧帝眼睛一亮，嘴角露出了微笑。

三

舜幼年丧母，家境贫寒。
现在，他和父亲、继母、弟弟象生活在一起。

---

①鲧(gǔn)：古神名,传说是夏禹的父亲,出自《山海经》。

娥皇的手温柔地落在女英的头上,
仔细拣掉头发里的草屑、树叶。

父亲瞽叟①眼睛看不见,

继母阴狠,处处刁难舜,

同父异母的象也脾气不好。

但舜总是处处与他们为善,

把家庭关系处理得很好。

尧帝对此大加赞赏,

决定把两个女儿嫁给舜,

也顺便进一步考察他。

四

舜要娶媳妇啦!

消息一传开,许多人不请自来。

大家帮助舜在沩水②边搭建起新房,修筑起谷仓。

舜亲自把父亲瞽叟、继母和弟弟象,

接到新家来安置妥当。

---

①瞽叟(gǔ sǒu):又作"瞽瞍"。人名,古帝虞舜之父。《墨子·非儒下》:"夫舜见瞽叟,就然。"汉王充《论衡·定贤》:"舜有瞽瞍,参有曾皙。"宋苏洵《上田枢密书》:"尧不得以与丹朱,舜不得以与商均,而瞽叟不得夺诸舜。"

②沩(wéi)水:水名,在中国湖南省宁乡西部,是我国远古文明的形成地之一。

吉日来到，迎亲的队伍敲着锣，打着鼓，浩浩荡荡。
队伍的前方，是皮肤黝黑、气宇轩昂、满面春风的新郎舜。
他将迎娶尧帝的两个美丽的女儿——娥皇、女英。
陪嫁而来的，还有一大群肥美的猪、牛、羊。

五

见到嫂嫂们的第一眼，象①呆住了：
娥皇脸若鹅蛋，皮肤粉红细嫩，吹弹可破②；
女英眼睛忽闪，像调皮的小鹿，灵动可爱。
象仿佛被施了魔法，再也挪不开视线。
知子莫如母，母亲首先发现了儿子的异常。
象愤愤不平地对母亲说：
"我喜欢娥皇、女英。
舜那个穷小子，当年一无所有，
要不是我们收留他们父子，他早就饿死啦！
他凭什么拥有这一切？ 他不配！
干掉舜，娥皇、女英就都是我的啦！"

————————

①象：一说舜同父异母弟，一说是野象的人格化。
②吹弹可破：是指好像吹一吹、弹一弹就会弄破似的，形容面部的皮肤非常细嫩，一般用来形容少女的皮肤。出自元王实甫《西厢记》第二本第三折："觑俺姐姐这个脸儿，吹弹得破，张生有福也呵！"

迎亲的队伍敲着锣,打着鼓,浩浩荡荡。

队伍的前方,是皮肤黝黑、气宇轩昂、满面春风的新郎舜。

说着说着，象竟然狰狞地咆哮起来，
唾沫飞溅到自己那粗大的鼻子上。

六

得知儿子的心思后，继母便去撺掇瞽叟。
瞽叟的房间无论白天黑夜，都昏暗无光。
清新的木料香也掩盖不住陈腐的气息。
他拄杖呆坐在床边，瘦得如干柴一样。
"瞎子老头儿，看看你家舜，好不得意忘形！
他不得了了，娶到了尧帝的两个女儿！
看看她们陪嫁的那些粮食、牛羊、土地……
你说，这些要是给了咱们，
可就一辈子衣食无忧了，对不对？"
瞽叟扔掉木杖，循着声音，
颤抖的双手终于抓住了老婆的手：
"我都听你的。"
沙哑的声音就像从地底下挤出来的一样。

娥皇女英

象愤愤不平地对母亲说:"舜那个穷小子,当年一无所有,要不是我们收留他们父子,他早就饿死啦!
他凭什么拥有这一切?他不配!"
说着说着,象竟然狰狞地咆哮起来,
唾沫飞溅到自己那粗大的鼻子上。

七

一天，瞽叟叫舜帮他修理粮仓，舜答应了。

娥皇、女英抬头看了看窗外簇新的粮仓，

立刻知道其中必有蹊跷。但她们并没有告诉舜。

女英说："姐姐，我们去揭穿他们？"

娥皇摇摇头："不行啊，没有证据。"

女英又说："能不能找个借口不去？"

娥皇又摇摇头："夫君是个孝子。父母的吩咐，他怎能违背？只有……"

娥皇、女英相视而笑，她们想到了办法。

八

早晨，在帮舜整理衣领的时候，

娥皇将法术幻化成一件隐形的彩色羽衣，悄悄给舜穿上。

舜高高兴兴地去帮父亲修理粮仓，

刚爬上屋顶，象便悄悄撤掉了梯子。

继母指使瞽叟鬼鬼祟祟在粮仓下面点火。

舜正在仓顶专心致志地查看问题，

被一阵突如其来的浓烟呛得眼泪直流，咳嗽不止。

"粮仓着火啦！"象假惺惺地在下面大呼，却并不去救火。

九

火势越来越大，很快将整个粮仓吞没。
正当继母、象和瞽叟三人偷着乐时，
突然"嘭"的一声巨响，粮仓炸裂。
舜的外衣在燃烧中露出隐形羽衣。
他随即变成一只五彩斑斓的凤凰，
从熊熊大火中哀鸣着凌空而出，
双翅轻轻一扇，火焰立刻熄灭了。

十

一计不成，象和继母岂肯善罢甘休。
继母又教唆瞽叟叫舜去野外挖井。
娥皇和女英当然知道这也是个阴谋。
临行前，娥皇给舜穿了一件玄色的衣服。
当井挖到数人深的时候，
象突然从上面抛土填井，想把哥哥活埋。

直到把井填平,象才气喘吁吁地罢休。
象正想去喊继母出来看好戏,
结果舜变成一条黑龙从井底潜游而出。
黑龙"嗖"地腾飞到空中,仰天长啸,盘旋了几周。
顿时天色大变,乌云密布,
两条水柱将继母和象冲翻在地。

十一

象还不死心,又挑唆瞽叟约舜喝酒,
想趁他喝醉后杀死他。
娥皇、女英听闻后什么也没说,
只是煎熬特殊的药材,让舜事先泡了个澡,
这样就会千杯不醉。
酒桌上,舜非常热情,
诚心地向父亲和弟弟敬酒,一杯接一杯。
瞽叟和象哑巴吃黄连,很快便醉得不省人事。
手持利刃躲在帷幕后等待时机的继母见状吓得瑟瑟发抖。

黑龙"嗖"地腾飞到空中,仰天长啸,盘旋了几周。

顿时天色大变,乌云密布,

两条水柱将继母和象冲翻在地。

十二

舜吩咐娥皇、女英一定要好好照顾醉酒的父亲和弟弟,
并扶继母坐下,和颜悦色地对她说:
"母亲啊,当年承蒙您不嫌弃,接纳了我和父亲,成为一家人。
养育之恩,没齿难忘。以后,就请让儿子好好孝敬你们二老吧!"
继母听后深受感动,又羞又愧。
当然,娥皇、女英也将舜的仁孝如实地汇报给了尧帝。
尧帝非常满意,于是选择了一个好日子,
把帝位禅让给了舜。

"母亲啊,当年承蒙您不嫌弃,接纳了我和父亲,成为一家人。养育之恩,没齿难忘。以后,就请让儿子好好孝敬你们二老吧!"继母听后深受感动,又羞又愧。

【衍说】

　　这个故事的背景发生在尧帝时期,这是一个母系氏族向父系氏族过渡的时期。在传位问题上,有史料称"家天下"和"公天下"正发生着激烈的矛盾冲突。原始公有制正受到时代的挑战。不过,对于原始公有制中的"禅让",历来众说纷纭。支持者如《尚书·尧典》《孟子》《史记》等,认为的确存在过尧禅让帝位给舜;反对者如《竹书纪年》《山海经》《天问》等,认为舜是武力夺取政权,充满血腥杀戮。史料的矛盾性,也正好透露历史的复杂性。

　　不过,直至今日,我们的文化选择将尧帝缔造为发明禅让的明君,所以丹朱注定"不肖"而失位,而继承君位的舜,也自然接受了尧帝的禅让。正因为是禅让,自然就要考虑继承者的德行。为了体现德行,男主人公舜便遇到重重障碍。于是,舜瞎眼的父亲、狠毒的继母、贪婪的象弟粉墨登场了;而反面人物的对立面,舜的"好帮手",娥皇、女英便也登场了。从这个意义上说,这是一个标准的政治神话。

　　二女的故事见载于史籍很早。《尚书·尧典》记载:"厘降二女于妫汭,嫔于虞。"这暗示虞舜在妫汭娶了二女。《史记·五帝本纪》也说:"于是尧乃以二女妻舜以观其内,使九男与处以观其外。舜居妫汭,内行弥谨。尧二女不敢以贵骄事舜亲戚,甚有妇道。"这又是用儒家的规范重塑了二女形象。

屈原笔下的湘君"美要眇兮宜修","望夫君兮未来,吹参差兮谁思"(《楚辞·湘君》);湘夫人则"目眇眇兮愁予","思公子兮未敢言"(《楚辞·湘夫人》)。郑玄注云:"《离骚》所歌'湘夫人',舜妃也。"张华《博物志·史补篇》卷八也说:"尧之二女,舜之二妃,曰湘夫人。舜崩,二妃啼,以涕挥竹,竹尽斑。"由此可见,"湘君"与"湘夫人"也应指的是娥皇、女英。

到汉代刘向的《列女传》,故事已经发展得非常完善。其中,涂廪、浚井、饮酒三个情节,非常生动。因此,本故事的改写主要依据《列女传》。

娥皇和女英的形象无疑是闪光的。故事中,她们以"公主"的身份,下嫁给躬耕历山、家境贫寒的舜。从女性主义视域来说,她们最初是作为父亲的"傀儡""棋子"出嫁的,可喜的是,这两个美貌与智慧并存的"公主",真正的爱慕、钦佩舜。她们全心全意扶持舜,帮助他渡过重重危机,并顺利地通过了父亲尧帝的考验,登上了帝王之位。二女也从此奠定了她们在中国历史上的"贤内助"形象和忠贞、烈女形象(这一形象表现在《湘妃泣竹》故事中)。

不过,今天一些民间传说也说到娥皇、女英姊妹之间曾有矛盾、嫌隙。在我国山陕湘三地,就流传着关于二女嫁舜的传说。故事讲述的是,娥皇、女英同时嫁给了舜,二人为了争夺名分,她们约定通过比赛来决定谁大谁小。尧默许了比赛,法官皋陶担任比赛的裁判。 比赛分为"煮豆子""纳鞋底""乘车骑马"三个环节。 大多传说是女英取胜,而娥皇败北。 不过,几乎所有故事皆以二女重归于好结尾。 故事生动活泼,极富生活情趣,反映了民间故事的魅力。 这些传说,显然是后人根据生活中惯常的妻妾矛盾来对二女神话进行的杜撰。

三年成都

刘勤 高蓉 撰
甘钰萍 绘

【原典】

○(周)《尚书·舜典》:"岁二月,东巡守,至于岱宗……五月南巡守,至于南岳,如岱礼。八月西巡守,至于西岳,如初。十有一月朔巡守,至于北岳,如西礼。"

○(战国)墨翟《墨子·尚贤中》:"古者舜耕历山,陶河濒,渔雷泽。尧得之服泽之阳,举以为天子。"

○(战国)韩非子《韩非子·难一》:"历山之农者侵畔,舜往耕焉。"

○(西汉)司马迁《史记·五帝本纪》:"舜耕历山,历山之人皆让畔;渔雷泽,雷泽上人皆让居;陶河滨,河滨器皆不苦窳。一年而所居成聚,二年成邑,三年成都。"

○(东汉)蔡邕《琴操》:"舜耕历山,思慕父母,见鸠与母俱飞鸣相哺食,益以感恩,乃作歌曰……"

○(东汉)袁康、吴平《越绝书·吴内传》:"舜亲父假母,母常杀舜,舜去,耕历山。"

○(东晋)干宝《搜神记》:"虞舜耕于历山,得玉历于河际之岩。舜知天命在己,体道不倦。"

○(南宋)罗泌《路史·后纪》罗萍注引《类林》:"舜耕历山,岁不熟,舜粜,其母诣籴,每还钱与米,问之,子也。因相抱泣,拭其父目,寻自明。尧闻而妻之。"

附：

○王重民等《敦煌变文集·舜子变》:"舜取母语,相别行至山中,见百余倾(顷)空田;心中哽咽。种子犁牛,无处取之。天知至孝,自有群猪与觜(嘴)耕地开垄,百鸟衔子抛田,天雨浇溉。其岁天下不熟,舜自独丰,得数百石谷来。"

【今绎】

一

舜的继母经常虐待他,
甚至为了节省粮食,把他赶到了历山①。
舜叹了口气,抬眼望去,
高耸入云的历山青翠欲滴。
但荒僻的山间,常有虎豹出没;
幽深的林中,没有一户人家。

二

被父母抛弃的舜伤心地走在山间小路上。

---

①历山:古山名。相传舜耕历山。历山所在地点说法不一。《史记·五帝本纪》:"舜耕历山……渔雷泽……陶河滨。"裴骃集解引郑玄曰:"在河东。"张守节正义引《括地志》云:"'蒲州河东县雷首山,一名中条山,亦名历山,亦名首阳山,亦名蒲山,亦名襄山,亦名甘枣山,亦名猪山,亦名狗头山,亦名薄山,亦名吴山。此山西起雷首山,东至吴阪,凡十一名,随州县分之。历山南有舜井。'又云:'越州余姚县有历山舜井,濮州雷泽县有历山舜井,二所又有姚墟,云生舜处也。及妫州历山舜井,皆云舜所耕处,未详也。'"

舜的继母经常虐待他,
甚至为了节省粮食,把他赶到了历山。
舜叹了口气,抬眼望去,
高耸入云的历山青翠欲滴。

突然,一阵叽叽喳喳的鸟叫声传来,
抬头一望,舜看见树上有一个鸟窝。
鸟窝里,一只大的鸩鸟①正在给小鸩鸟喂虫子,
小鸩鸟欢快地伸长脖子叫着,
大鸩鸟温柔地帮它们梳理还没长开的羽毛。

三

想起母亲活着时对自己的爱护,舜更加难过。
但他记得母亲的话:无论什么时候,都要坚强。
于是,舜在历山上住下了。
周围的人都以打猎为生,
但舜不忍心伤害山中的动物,
于是准备在山顶开垦土地种庄稼。
路过的猎户看见了,好奇地问:
"小伙子,你在干什么啊?"
舜微笑着说:"老人家,我准备种庄稼!"

---

①鸩鸟:汉族传说中的一种毒鸟。相传鸩毛或鸩粪有剧毒。鸩鸟生活在岭南一带,比鹰略大,羽毛大都是紫色的,腹部和翅膀尖则是绿色的。《五经异义》说它的毒性源于它的食物——蝮头。岭南多蛇,在所有蛇中,鸩鸟最喜欢毒蛇;在所有毒蛇中,鸩鸟最喜欢耳蝮;在所有耳蝮中,鸩鸟最喜欢蝮头。蝮头为毒中之最。

猎户哈哈大笑:"小伙子啊,
我们这里的人祖祖辈辈都是以打猎为生。
这里种不出庄稼的。"

四

舜疑惑地问:"为什么?"
猎户说:"祖先告诉我们,
山上的土壤层很薄,保不住水分。
历山山高,常年云雾环绕,光照不足,
昼夜温差又大,所以庄稼收成很少。"
舜将信将疑地说:"可是不试一试,怎么知道不行呢?"
舜每天早早地来到地里,
一个人开心地歌唱,开垦土地。

五

舜的仁爱感动了历山中的动物。
野猪用它的獠牙和嘴帮助舜翻土,
大象用它的鼻子帮助舜浇水,

百鸟帮他撒种子,为庄稼除害虫。
舜的开拓精神感动了天神。
即便烈日炎炎,他的庄稼仍雨水充足;
就算大雨滂沱,他的田地也不受侵害。
云雾会故意绕过他的庄稼,
让阳光可以铺洒在禾苗上;
风儿吹到这里也会放慢速度,
温柔地去抚慰每一片新叶。

六

到了秋天,舜的庄稼竟然真的获得了收成!
虽然不多,却打破了历山不能耕种的传统。
可家乡因为旱灾,粮食颗粒无收。
尽管舜自己的粮食并不多,
他还是把大部分带回了家。
继母知道了,疑惑地问他:
　"你为什么要这样做呢?"
舜坦然地说:"因为我是你们的儿子啊!"
继母听了,非常惭愧,与他痛哭相拥。

野猪用它的獠牙和嘴帮助舜翻土,
大象用它的鼻子帮助舜浇水,
百鸟帮他撒种子,为庄稼除害虫。
舜的开拓精神感动了天神。

家乡因为旱灾,粮食颗粒无收。

舜把自己并不多的粮食带回了家。

继母听了,非常惭愧,与他痛哭相拥。

七

人们知道历山可以耕作后,
纷纷搬到这里来居住。
舜主动把自己的田地让给别人。
一位老人心疼舜,不解地问:
"舜啊,你把田地让给别人,你怎么办?"
舜大方地说:"没关系,我可以再开垦新的土地。"

八

虽然大家努力耕种,但是收成并不多。
舜想:有什么办法能增加粮食的收成呢?
有一天,舜在河边汲水的时候,
发现了一块通透的美玉。
上面画着日月星辰之类的图案,十分精美。
原来,上天知道舜有大德,
便降下玉历来帮助他。

一位老人心疼舜,不解地问:

"舜啊,你把田地让给别人,你怎么办?"

舜大方地说:"没关系,我可以再开垦新的土地。"

九

舜住在山顶，每天看着日升月落，斗转星移，
玉石上所画的内容似乎和这里面的规律很像。
他知道这里面一定蕴藏着奥秘，但不能细察，
于是舜向最有经验的老人请教。
老人说："万事万物都有其规律，
比如在第一声春雷之后，就可以种瓜。
若是在那之前种下，种子便不会发芽。
只有在合适的时间种下合适的种子，
才能在应该的季节收获应该的果实。"

十

舜听后，茅塞顿开。
他一边记录下观测到的天象，
一边观察田地里农作物的生长。
不懂时，他就又去向老人家请教。
舜经过好几年的努力，

终于制定出了历法①。

有了历法，人们种庄稼再也不会错过时节，

每年都能取得大丰收，心里都乐开了花。

十一

在舜的带领下，人们勤劳耕种，

在历山上开垦出了许多田地。

舜仁德谦让，大家也都纷纷效仿，

把最好的土地让给别人耕种。

人们闻讯，从四面八方搬来居住。

仅仅一年时间，这里就成了个小聚落。

接着，搬到这里来的人越来越多。

第二年，历山就成了颇有名气的小乡镇。

到第三年，这里就已是个热闹非凡的都市了！

住在这里的人们都过着和谐幸福的生活。

---

①历法：中国是世界上最早发明历法的国家之一。历法的出现对国家经济、文化的发展有深远的影响。上古时期，根据农业、牧业生产情况需要，分别产生过太阳历法和太阴历法。农历作为中国传统历法，最早源自何时无从考究。对此，甲骨文和古籍多有记载。现在阴阳合一的历法规则一般认为源自殷商时期。

在舜的带领下,人们勤劳耕种,
在历山上开垦出了许多田地。
舜仁德谦让,大家也都纷纷效仿。
人们闻讯,从四面八方搬来居住。
仅仅一年时间,这里就成了个小聚落。

因为舜勤劳聪慧，仁德谦让，
无论他到哪里，哪里的人就会变得彬彬有礼。
当然，那里也很快会聚集成一个热闹的城市。

【衍说】

舜耕历山有很多种版本,情节虽然不同,但大多都是宣扬舜的孝顺、礼让。在《孟子·万章上》中有这样的记载:"万章问曰:'舜往于田,号泣于旻天,何为其号泣也?'孟子曰:'怨慕也。'万章曰:'父母爱之,喜而不忘;父母恶之,劳而不怨。然则舜怨乎?'……人悦之、好色、富贵,无足以解忧者,惟顺于父母可以解忧。"舜之至孝由此可知。而舜的大孝正是儒家推崇的"圣王"道德,同时也成为尧禅位于舜的主要原因。《史记·五帝本纪》载,舜以孝闻,而帝尧问可用者,四岳咸荐虞舜,曰:"盲者子。父顽,母嚚,弟傲,能和以孝,烝烝治,不至奸。"

其实,孝本是家庭伦理道德,在舜身上却被提高到了国家的政治高度,这也正是儒家思想"家国一体"观念的体现。并且,舜也是中国历史上第一个拥有完整人格的人。舜所经历的苦难,去掉了远古神话中至上神的全能性。"父顽,母嚚,弟傲",是每一个普通民众都可能遇到的困难,而舜解决问题的办法,回避了神性,采用的是普通人解决问题的办法。对待父母兄弟,他忍让谦卑,以德报怨。这也是中国传统文化宣扬的道德典范。

而先秦时期选贤任能,除了寻访和世袭,并无他法,所以才会有尧寻舜,舜让禹的传说。司马迁在《史记》中说:

"天下明德始于虞舜。"舜的善良感动了厌恶他的父母,舜的宽容驯服了桀骜不驯的象。他的至高大德让大家本能地信任他,想要接近他,所以才有了"三年成都"的故事。除此之外,《尚书·尧典》中还记载了舜关于观象授时的内容,据此也可知舜巡视四方并不单纯是巡游。《尚书·舜典》:"岁二月,东巡守,至于岱宗……五月南巡守,至于南岳,如岱礼。八月西巡守,至于西岳,如初。十有一月朔巡守,至于北岳,如西礼。"陆思贤在《神话考古》中对此进行阐释:"二月测定春分点,五月测定夏至点,八月测定秋分点,十一月测定冬至点。"舜巡守四方其实是观象授时的另一种说法。历山这个名字本就特殊,尹荣方在《社与中国上古神话》中说:"历山不就是产生历法之山吗?"由此可知,舜耕历山的现实解释很有可能就是舜在山上观象授时,制定历法。

再从故事的另一个角度来看,附近的猎户受祖祖辈辈流传下来的说法影响,认为:"山上的土壤层很薄,保不住水分。历山山高,常年云雾环绕,光照不足,昼夜温差又大,所以庄稼收成很少。"因此他们都还没有尝试过,就觉得在历山种庄稼行不通,甚至还劝说舜也不要去尝试,基本是被经验主义所束缚。而与之相反,舜并没有因历山的不利环境而轻易放弃。他勇于尝试、突破,最后终于成功。这说明,经验固然值得借鉴,但若一味被经验主义禁锢,不敢迈出经验的圈子,我们的生活也将不会有创新和收获。 当然,重要的是,舜的大德感天动地,不仅得到了上天的眷顾和动物们的帮助,还影响了他周围的人,也才有我们这里的故事。

  文本丰富了"三年成都"的故事,不只凸显舜的仁德谦让,更凸显他的坚韧和智慧,让舜的形象变得更加丰满。 被赶到荒僻的历山,舜可以说陷入了绝境,但他并没有因此而消沉颓废,而是振作精神,开拓进取,终于渡过难关,成就大业。 这种乐观积极的生活态度实在值得我们学习。

铁面皋陶

刘勤 王自华 撰
郑攀 绘

【原典】

○（周）《尚书·大禹谟》（舜帝表彰皋陶）"汝作士，明于五刑，以弼五教，期于予治。刑期于无刑，民协于中，时乃功，懋哉！"

○（战国）荀况《荀子·非相》："皋陶之状，色如削瓜。"

○（西汉）刘安《淮南子·修务训》："皋陶马喙，是谓至信。决狱明白，察于人情。"

○（西汉）韩婴《韩诗外传》卷二："夫辟土殖谷者，后稷也；决江流河者，禹也；听狱执中者，皋陶也；然而圣后者，尧也。"

○（东汉）王充《论衡·是应篇》："觟䚦者，一角之羊也，性知有罪，皋陶治狱，其罪疑者，令羊触之，有罪则触，无罪则不触。斯盖天生一角圣兽，助狱为验，故皋陶敬羊，起坐事之。"

○（南朝宋）范晔《后汉书·邓张徐张胡列传》："臣伏见孔子垂经典，皋陶造法律，原其本意，皆欲禁民为非也。"

○（南朝梁）任昉《述异记》卷上："獬豸者，一角之羊也，性知人有罪。皋陶治狱，其罪疑者，令羊触之。"

【今绎】

一

安徽省有一个叫六安的地方,
那儿山清水秀,人民安居乐业。
可是在很久以前,人们过得并不安宁。
一旦有纠纷,他们就吵架斗殴,
有些急红了眼的,还扬起大刀追着人砍杀,
一点儿也不讲道理。

二

渐渐的,人们习惯了用武力解决问题。
不管谁对谁错,
只要谁力气大,谁就说了算;
谁关系硬,谁就得利益。
有些人哪怕是再有道理,
也只能忍气吞声,任由恶霸欺负。

人们习惯了用武力解决问题。
有些人哪怕是再有道理,
也只能忍气吞声,任由恶霸欺负。

美丽的六安,

笼罩在一片阴惨惨的云雾之中。

三

在这种情况下,皋陶①被派到了六安。

皋陶长得怪模怪样:

他的脸像削了皮的瓜,青中带绿。

嘴巴像马嘴,牙齿长长地龇出来②。

人们一看皋陶这副模样,背后议论纷纷,

却又忌惮他手中的大权,常常阳奉阴违。

四

随皋陶一起来到六安的,还有一头大肥羊。

---

①皋陶(gāo yáo):一说,虞舜时的司法官。《论语·颜渊》:"舜有天下,选于众,举皋陶,不仁者远矣。"一说,狱官或狱神的代称。明沈鲸《双珠记·处分后事》:"误婴缧绁属皋陶,咫尺天光不照。"

②据多种典籍所载,皋陶长相奇特。《荀子·非相》:"皋陶之状,色如削瓜。"杨倞注:"如削皮之瓜,青绿色。"《淮南子·修务训》:"皋陶马喙,是谓至信。决狱明白,察于人情。"

随皋陶一起来到六安的,
还有一头大肥羊。

这羊大得像头熊,全身长着青色的长毛。
它有个绰号叫"独角神羊",能明辨是非。
大家亲眼见过,
如果一个人说的是假话,
神羊就会用羊角去戳他的屁股,
痛得他捂着屁股叫着东躲西藏;
如果一个人说的是真话,
神羊就会伸出软软的舌头舔他,
表示对他的喜欢。

五

有个村庄连续几天丢东西。
村民们通过多日蹲守,捉住了两个嫌疑人:
一个是白发苍苍的老人,一个是年富力强的年轻人。
年轻人涨红了脸,说:
"不是我偷的! 我只是从那儿路过,
刚好看见这个老头在房子里偷东西……"
老人佝偻着背,拄着拐杖,咳嗽了两声,对大家说:
"你们看,我路都走不稳,能偷什么?"
他又转过身对那年轻人说:

村民们通过多日蹲守,捉住了两个嫌疑人:

一个是白发苍苍的老人,

一个是年富力强的年轻人。

"年轻人,说话要负责呐,谁能证明是我偷的?"
"这还不简单,把神羊请上来看看不就知道了!"
人群中有人建议。 接着大家都附和起来:
"对,对,请神羊上场! 快请神羊上场!"

六

嘲笑、轻蔑出现在一些人的脸上,他们开始窃窃私语。
"这小伙儿贼眉鼠眼的,一看就不是什么好人!"
"那可不一定哟! 这老头儿偷东西,被我抓过现行的!"
"幼稚得很! 这老头儿可是皋陶的舅舅!
就算神羊认出他是小偷,皋陶说不是,他就不是!"
皋陶听着村民的议论,一言不发,
命人请出独角神羊。

七

"咩! 咩! 咩!"神羊出来了。
它毫不犹豫地去顶老人的屁股。
老人吓得赶紧跑,神羊追个不停。

老人一手捂住屁股，一手扬起拐杖敲打神羊。
他边打边骂："你个畜生，怎么净冤枉好人？
你哪只眼睛看见我偷的？ 小心我剥了你的皮！"
趁旁人不注意，老人一个劲儿地朝皋陶使眼色。
皋陶把脸别向一边。

八

皋陶原本青绿色的长脸涨成了猪肝色，说：
"不管你是谁，只要人证物证俱全，我就依法处置！
如果你主动认罪，我可以考虑酌情从轻处罚，
否则，休怪我不讲情面！"
一旁的小孙子被吓哭了。 他拉着老人的衣角说：
"爷爷，这儿不好玩，我要回去，回去玩金娃娃……"
"金娃娃？"皋陶心里一凉，舅舅家里清贫得很，哪有什么金娃娃。
他瞥了舅舅一眼，怀着复杂的心情命令道：
"来人，去搜！"

神羊毫不犹豫地去顶老人的屁股。

老人一手捂住屁股,一手扬起拐杖敲打神羊。

他边打边骂:"你个畜生,怎么净冤枉好人?"

趁旁人不注意,老人一个劲儿地朝皋陶使眼色。

九

房里的东西被搬了出来,大伙儿一看:

嗬! 金银珠宝、美酒佳酿,不都是自家丢失的东西吗?

舅舅披头散发地跌坐在地上,任由失主责骂。

皋陶的表弟看不下去了,

他把皋陶拉到偏僻角落,小声数落道:

"他可是你的亲舅舅呢! 如果你不说,谁敢说他是小偷呀!"

皋陶长叹一口气,语重心长地说:

"怎么会没人知道呢? 天知地知,你知我知。我可不能颠倒黑白、徇私枉法啊!"

十

皋陶毫不留情地宣判了舅舅的罪行。

判决结束后,皋陶又多次去看望舅舅,耐心地给他讲道理。

舅舅逐渐认识到自己的错误,保证自己今后不再偷盗。

就这样,皋陶凭着一颗公心断案,赢得了百姓的信服。

舜帝表扬皋陶,认为皋陶担任大法官,

恰当掌握了各种刑罚的尺度,

皋陶毫不留情地宣判了舅舅的罪行。

舅舅逐渐认识到自己的错误,保证自己今后不再偷盗。

就这样,皋陶凭着一颗公心断案,赢得了百姓的信服。

通过刑罚达到了教化民众的目的。
皋陶也因此被誉为中国司法的鼻祖。

【衍说】

皋陶是与尧、舜、禹齐名的"上古四圣"之一,被尊为中国司法的鼻祖,一说是中国刑法的鼻祖。相传,他是少昊的后裔,源于山东曲阜,其后裔封于英、六(今安徽六安)。《史记·夏本纪》正义引《帝王世纪》云:"皋陶生于曲阜。曲阜,偃地,故(舜)帝因之而以赐姓曰偃。""皋陶卒,封皋陶之后于英、六。"除此之外,我国古代典籍《尚书》《左传》《论语》《孟子》等史籍对他均有记载。根据这些史籍来看,皋陶酋邦的活动年代,大概是原始社会末期。随着社会生产力进一步解放,私有制逐步出现并发展,国家和法律萌芽逐渐形成。百姓对公平、公正的诉求更加强烈,法官应运而生。值得一提的是,此时正处于人类文明发展的初期,百姓对于法官个人素质和法官断案过程的需要会显得更为特殊,乃至于神奇、不可思议。而在他们的眼中,只有超自然的神才会真正具有公平、公正的判决能力。所以,古人总是会赋予法官一种神圣的能力,以期得到"神判",皋陶就是一个典型代表。

首先,据多种典籍的记载可知,皋陶的长相是非常奇特的。《荀子·非相》就有记载说:"皋陶之状,色如削瓜。"杨琼注:"如削皮之瓜,青绿色。"《淮南子·修务训》中也有相似的记述:"皋陶马喙,是谓至信。决狱明白,察于人情。"

那么，史籍中皋陶作为一位公正的判决者，其形象与常人不同，甚至说十分怪异，并不似人的长相，为什么会出现这种情况呢？除上述人们有意识将其神圣化的可能性以外，许多学者也提出了自己的看法，如徐忠明在《皋陶与"法"考论》一文中认为，从皋陶的形象来说，他皮肤绿色，嘴巴像马，这可能是皋陶作为法官，在审案断狱时的一种扮相。

其次，在本故事中，皋陶断案，除了后面依据证据外，早期似乎都是用独角神羊断案。此处的独角神羊多称为獬豸，正是因其性忠直，能辨是非曲直，代表公平正义，故而成为法律的象征。古代执法官吏所戴之帽又称作"獬豸帽"。《后汉书·舆服志》："法冠，……执法者服之，侍御史、廷尉正监平也。或谓之獬豸冠。獬豸神羊，能别曲直。"皋陶借助神兽獬豸执法，表现的正是"因俗执法"的特点。这种做法具有"神明裁判"的性质，在上古时代有其存在的合理性。秋浦在《关于法的起源问题》一文中指出："凡是举行神明裁判，都有其必要的两个前提条件，这就是当事人双方对同一件事持有两种截然相反的观点。经过寨老或者巫师从中调解又得不到解决的。"本故事就是基于这种观点，设置了公与私的对立：面对舅舅的偷盗，皋陶是徇私枉法包庇舅舅，还是大义灭亲？皋陶毫不犹豫地选择了后者。面对表弟责难，皋陶依然无悔。这里面有皋陶"天知地知，你知我知"的朴素情怀，更有执法必严、违法必究的使命担当。这种选择,在依法治国的当今依然具有教育意义。

需要指出的是,虽然皋陶被称为司法(刑法)鼻祖,但他并不是"以法治国"论者。韩玉德《皋陶考论》也作是说。第一个提出"以法治国"的人,是齐国的管仲。《管子·明法篇》云:"是故先王之治国也,不淫意于法之外,不为惠于法之内也。动无非法者,所以禁过而外私也。威不两错,政不二门,以法治国则举错而已。""以法治国"由此而来。后来者商鞅、韩非等人,发展并实践了法治思想,形成了以"法治"为核心的重要学派。

鲧窃息壤

刘 勤 李远莉 撰
王麟麟 绘

【原典】

○（春秋）左丘明《左传·昭公七年》："郑子产聘于晋。晋侯疾，韩宣子逆客，私焉。曰：'寡君寝疾，于今三月矣，并走群望，有加而无瘳。今梦黄熊入于寝门，其何厉鬼也？'对曰：'以君之明，子为大政，其何厉之有？昔尧殛鲧于羽山，其神化为黄熊，以入于羽渊。实为夏郊，三代祀之。'"

○（战国）《山海经·海内经》："黄帝生骆明，骆明生白马，白马是为鲧……洪水滔天，鲧窃帝之息壤以堙洪水，不待帝命。帝令祝融杀鲧于羽郊。鲧复生禹。"郭璞注云："息壤者，言土自长息无限，故可以塞洪水也。"

○（战国）《山海经·大荒北经》："西北海之外，赤水之北，有章尾山。有神，人面蛇身而赤，身长千里，直目正乘，其瞑乃晦，其视乃明，不食不寝不息，风雨是谒。是烛九阴，是谓烛龙。"

○（战国）《山海经·海内经》，郭璞注引《开筮》："鲧死，三岁不腐……剖之以吴刀，化为黄龙也。"

○（战国）屈原《楚辞·天问》："鸱龟曳衔，鲧何听焉？顺欲成功，帝何刑焉？永遏在羽山，夫何三年不施？伯禹愎鲧，夫何以变化？"

○（西汉）刘安《淮南子·墜形训》："烛龙在雁门北，蔽于委羽之山，不见日。"

【今绎】

一

在舜的治理下,人间一片欣欣向荣。
人们过上了安宁的生活,却不再敬畏天神。
天帝知道后,大发雷霆,
命水神共工①降下洪水惩罚人类。
滚滚的洪水从天上倾泻而下,
裹挟着毁灭一切的力量,
冲毁了房屋,淹没了田地,淹死了生灵。
鲧是天帝的孙子,
他看到这样悲惨的景象,非常难过。

---

①共工:一说,古代传说中的天神,与颛顼争为帝,有共工怒触不周山的故事。《淮南子·墬形训》:"共工,景风之所生也。"高诱注:"共工,天神也。人面蛇身,离为景风。"一说,古史传说中人物。为尧臣,和欢兜、三苗、鲧并称为"四凶",被流放于幽州。《尚书·舜典》:"流共工于幽州。"本文用第一说。

二

鲧找到天帝，恳求道：

"天帝，人间不应该遭受这样的惩罚，

请您老人家收回洪水吧！"

天帝愤怒地说："为了让人间的生灵快乐生活，

天神们辛辛苦苦地运行着天时。

他们却一点儿也不懂得感恩。

我必须惩罚他们，用洪水冲刷他们的丑陋，

让他们认清自己的渺小，尝尝不敬畏天神的后果！"

鲧沮丧地来到羽山，

望着大地上悲号的人们，长长地叹息。

这时，猫头鹰和乌龟一起从羽渊里游了出来。

猫头鹰转动着大眼睛说：

"鲧，我知道有一种东西可以止住洪水。"

三

"什么东西？"鲧将信将疑地问。

滚滚的洪水从天上倾泻而下,
裹挟着毁灭一切的力量,
冲毁了房屋,淹没了田地,淹死了生灵。
这时,猫头鹰和乌龟一起从羽渊里游了出来。

"息壤①，"猫头鹰小声说，

"息壤能自生自长，永不消耗。

只需要那么一点点，很快就能长成一座大山，

还怕堵不住洪水吗？"

鲧兴奋地问："那息壤在哪里呢？"

乌龟慢吞吞地说："在冥界②。

但是，那可是天帝的宝贝，

未经天帝允许是不能带出冥界的。"

鲧犹豫了一下，继而坚定地说：

"我不能眼睁睁地看着人间的生灵被洪水吞噬。"

四

鲧来到冥界洞口，

---

①息壤：古代传说的一种能自生长，永不减耗的土壤。《山海经·海内经》："洪水滔天，鲧窃帝之息壤以堙洪水。"郭璞注："息壤者，言土自长息无限，故可以塞洪水也。"

②冥界：佛教语。地狱、饿鬼、畜生三道的总称。苏曼殊《婆罗海滨遁迹记》："摄化顽愚，尽超冥界。"冥界指阴间。而道教却认为在中国有三界之说，就是天上、人间、地狱；并认为人是有灵魂的，每个人有三魂七魄。至少在周朝以前，人们就认为人分魂魄，作为阳气的魂和作为阴形的魄结合形成人，人死以后，神魂灵气归于天，精魄形骸归于地，以魂气形魄来解释人前世、现世和来世的演化，还将精灵世界分为三界：地上的人间、天上的神与仙居住的天界、地下精魄的地府。

洞内一片漆黑，什么也看不见。

突然，黑暗中慢慢撕开两道口子，

两束绿光从缝隙里迸射而出。

"是何人擅闯冥界？"

一个极具穿透力的声音在黑暗中回荡。

原来，这是冥界的守门神——土伯①。

鲧看不见土伯，只能望着两道绿光。

鲧诚恳地说：

"人间遭受洪水侵蚀，我想取得息壤堵住洪水。"

"难得你拥有悲天悯人的大爱精神，

我可以放你进去，但是息壤由烛龙神②保管，

能否取得息壤就看你自己的本事了。"

五

鲧往下看，好像有一条蜿蜒的小路，

---

①土伯：传说中的幽都守护神。《楚辞·招魂》："魂兮归来！君无下此幽都些。土伯九约，其角觺觺（yí yí）些。"王逸注："土伯，后土之侯伯也。约，屈也。觺觺，犹狺狺；角利貌也。言地有土伯执卫门户，其身九屈，有角觺觺，主触害人也。"

②烛龙（zhú lóng）：古代神话中的神名。传说其张目（亦有谓其驾日、衔烛或珠）能照耀天下。《楚辞·天问》："日安不到,烛龙何照？"王逸注："言天之西北有幽冥无日之国,有龙衔烛而照之也。"

鲧来到冥界洞口，

洞内一片漆黑，什么也看不见。

突然，黑暗中慢慢撕开两道口子，

两束绿光从缝隙里迸射而出。

在嶙峋的怪石中若隐若现，通往冥界地底——息壤所在处。
四处幽深昏暗，不时传来阵阵怪叫，令人毛骨悚然。
好不容易快要到达地底，前面却有个庞然大物堵住了路口，
鲧险些直接撞了上去，仔细一看，
原来是烛龙，它盘着蛇身正在沉睡。
烛龙嘴里衔着的冥火发出微弱的光，
震慑着冥界的妖魔，永不熄灭。
见烛龙神还在沉睡，鲧想起猫头鹰的话：
"嘘，千万不能吵醒烛龙神。"
鲧蹑手蹑脚，试图绕过烛龙神盘曲的身体。
可是到处一片昏暗，模模糊糊，什么也看不清。
一个不小心，鲧触碰到了烛龙神的尾巴。
烛龙神的双眼猛然睁开，
原本昏暗的冥界立刻光亮如白昼。

六

鲧抬腿就跑，却被烛龙神的尾巴死死卷住，甩进了黄泉。
鲧意识到自己的神力根本不能和烛龙神相抗衡，
便诚恳地向烛龙神请求：
"烛龙神，我需要息壤去拯救人间的生灵，

请您将息壤借给我吧！ 洪水退去，我就归还。"
"没有天帝的旨意，谁都不能带走息壤！"
没想到烛龙神压根儿没有商量的余地，
它尾巴一扫，狠狠地拍向鲧。
在鲧和烛龙神交战的时候，
猫头鹰悄悄地偷走了息壤。
鲧立刻化身为白马，嘶鸣一声飞出了冥界。

七

鲧嘴里衔着息壤，奔驰在大地上。
他一边奔跑，一边把息壤投放到洪水中。
所过之处，黑色的息壤在阳光下迅速生长。
很快，长成一座座小丘，
接着，又渐渐长成大山。
大山连绵不绝，将洪水围成一个个湖泊。
洪水涨得越来越高，大山也长得越来越高。
渐渐地，大地上就看不到洪水漫延了。
幸存的人们回到家乡，开始重建家园。

在鲧和烛龙神交战的时候,
猫头鹰悄悄地偷走了息壤。

所过之处，黑色的息壤在阳光下迅速生长。

很快，长成一座座小丘，

接着，又渐渐长成大山。

大山连绵不绝，将洪水围成一个个湖泊。

洪水涨得越来越高，大山也长得越来越高。

八

天帝得知后暴跳如雷,认为鲧背叛了他,
派火神祝融①去诛杀鲧。
祝融来到羽山②,无奈地说:
"鲧,虽然你做的事并没有错,
但是,我不得不遵从天帝的命令。"
鲧大义凛然地望着祝融说道:
"我不后悔,但请您不要带走息壤。"
可鲧死后,天帝立即收回了息壤。
洪水再次席卷人间,这次更加肆虐。
人类的生命居然被神灵视为蝼蚁,
被巨浪的一张张大嘴毫不犹豫地吞噬殆尽。
残存的人们蜷缩于高山,在寒冷和饥饿中煎熬。
鲧的精魂在羽山上徘徊,悲痛地哭号:
"天帝啊,请您收回洪水吧!
哪怕让我再受苦一千年,一万年。"
然而天帝并没有动容。

---

　　①祝融:一说,神名。帝喾时的火官,后尊为火神,命曰"祝融"。亦以为火或火灾的代称。《国语·郑语》:"夫黎为高辛氏火正,以淳燿敦大,天明地德,光照四海,故命之曰'祝融',其功大矣。"一说,神名。南方之神,南海之神。《管子·五行》:"得奢龙而辩于东方,得祝融而辩于南方。"

　　②羽山:山名。天帝杀鲧之处。《尚书·舜典》:"殛鲧于羽山。"

九

洪水还在不停地吞噬着大地上的生灵。
一年,两年,三年……
鲧静静地躺在羽山之上,
身体一点儿也没有腐烂的迹象。
他的肚子渐渐隆起,
里面正有一个小生命在慢慢地生长。
这是鲧的精血和神力所孕育出来的,
将继承他的精神和意志。

洪水还在不停地吞噬着大地上的生灵。

一年,两年,三年……

鲧静静地躺在羽山之上,

身体一点儿也没有腐烂的迹象。

他的肚子渐渐隆起,

里面正有一个小生命在慢慢地生长。

【衍说】

鲧窃息壤而救苍生，是洪水神话的一个片段，也是世界神话体系中最重要的母题之一。从文化人类学来看，洪水神话都有一个共同的精神内核，即对人类和自然之间的关系进行探索。这个故事基于洪水而起，体现的是人类在抗争自然过程中的不屈、无畏和牺牲精神。

叶舒宪对人类各民族洪水神话与创世神话的关系进行归纳，发现有很多民族的洪水神话和创世神话是一个有机的整体，其普遍逻辑是：创世→造人→人的罪过→惩罚性洪水→再创世。这一普遍性的神话产生范式，广泛地存在于亚、欧、非、美各大洲的创世神话中。从神话的归属类别来看，鲧禹神话属于创世神话。虽然典籍中未明确记载这次洪水的由来，但可以推测，这次洪水必定有其产生的原因，并且应该属于惩罚性洪水。尽管这则故事只是提到了"鲧窃息壤"这一情节，并没有说明洪水的来源，但根据世界洪水神话的普遍逻辑来进行补充的话，天帝肯定与这次洪水脱不了干系，很可能就是他发动了洪水。

鲧是个普罗米修斯般的悲剧式英雄，同样是"哀民生之多艰"，同样是舍己为人，同样是采取"盗"的极端方式获得了"救命稻草"，也同样是受到了天帝的惩罚。鲧是明知不可为而为之！这种看似痴傻的行为，却蕴含着强烈的斗争精

115

神和可贵的人文情怀。小到面对别人的危险，大至面对集体、国家、族群的存亡，明知道自己的生命难以顾全，但又怎可无动于衷呢？又怎么不会义无反顾呢？人性本善，从善良出发，这个世界也将会以善意来回报。

鲧未完成的使命，由他的儿子禹再来完成。这体现的是中国文化中独特的"子承父业"伦理观，以及中国人"死生循环"的生命观。这个故事的后续是，鲧死后剖腹而生禹。《山海经·海内经》所载："黄帝生骆明，骆明生白马，白马是为鲧……洪水滔天，鲧窃帝之息壤以堙洪水，不待帝命。帝令祝融杀鲧于羽郊。鲧复生禹。"郭璞注引《开筮》："鲧死，三岁不腐……剖之以吴刀，化为黄龙也。"这里首先体现出的就是父子二人治水事业的继承性关系：禹既是鲧抗争意识的继承者，又是鲧生命意志的延续和升华。其次，这也表明在原始思维中，人与自然是个有机统一体，甚至不相区分。所以，神话中多有神人死后化作自然的一部分，并参与到宇宙万物的循环中去，由是精神最终获得永恒的叙述表达。比如，盘古尸化万物，颛顼复生鱼妇，这些神化之事都是这种观念的体现。

精神不止，生命不息。哀莫大于心死！有的人活着，却已经死了。因为他的精神已经空虚麻木，犹如行尸走肉，浑浑噩噩，虚度一生。有的人死了，却还活着。因为他为子孙后代留下的宝贵精神财富，取之不尽，用之不竭。他的名字将会被世世代代铭记、传颂。 鲧救民于水火，葬身羽山，他的精魂仍然为民呼号，最后又将其余志化为子嗣大禹，继续治水之业，以超现实的表现形式诠释着什么是永垂不朽。

禹定九州

刘勤 高蓉 撰
韩玲 绘

【原典】

○（战国）《山海经·海内经》："帝俊生三身，三身生义均，义均是始为巧倕，是始作下民百巧。后稷是播百谷。稷之孙曰叔均，是始作牛耕。大比赤阴，是始为国。禹、鲧是始布土，均定九州。"

○（战国）《山海经·海内经》："洪水滔天，鲧窃帝之息壤以堙洪水，不待帝命。帝令祝融杀鲧于羽郊。鲧复生禹，帝乃命禹卒布土以定九州。"

○（战国）屈原《楚辞·天问》："应龙何画，河海何历？"王逸注："禹治洪水，时有神龙以尾画地，导水所注，当决者，因而治之也。"

○（战国）荀况《荀子·成相》："禹有功，抑下鸿，辟除民害逐共工。"

○（战国）吕不韦《吕氏春秋·爱类篇》："昔上古，龙门未开，吕梁未发，河出孟门，大溢逆流，无有丘陵沃衍、平原高阜，尽皆灭之，名曰鸿水。禹于是疏河决江，为彭蠡之障，干东土，所活者千八百国，此禹之功也。"

○（西汉）刘安《淮南子·本经训》："舜之时，共工振滔洪水，以薄空桑。"

○（西汉）司马迁《史记·五帝本纪》："唯禹之功为大，披九山，通九泽，决九河，定九州，各以其职来贡，不失厥宜。"

○（东晋）王嘉《拾遗记》："禹凿龙关之山,亦谓之龙门。"

○（东晋）王嘉《拾遗记》："禹尽力沟洫,导川夷岳,黄龙曳尾于前,玄龟负青泥于后。"袁珂在《中国古代神话》中注："青泥当即息壤。"

○（北魏）郦道元《水经注·河水》："砥柱,山名也。昔禹治洪水,山陵当水者凿之,故破山以通河。河水分流,包山而过,山见水中若柱然,故曰砥柱也。"

【今绎】

一

天帝命共工继续用洪水淹没人间。

洪水从孟门①逆流而上,翻滚着一路西去。

很快就把空桑②都给淹没了。

禹③继承了父亲鲧的神力和意志,

决心要止住洪水,

让人间恢复安宁。

---

①孟门:古山名。在陕西宜川东北、山西吉县西,绵亘黄河两岸,又称龙门上口。《山海经·北山经》:"孟门之山,其上多苍玉,多金;其下多黄垩,多涅石。"郭璞注引《尸子》:"龙门未辟,吕梁未凿,河出于孟门之上。"

②空桑:古山名。产琴瑟之材。《山海经·东山经》:"东次二经之首,曰空桑之山(此山出琴瑟材,见《周礼》也),北临食水,东望沮吴,南望沙陵,西望湣泽。有兽焉,其状如牛而虎文,其音如钦。"

③禹:夏代开国之主。颛顼孙,姓如人氏,其号曰禹,亦曰文命。初封夏伯,故亦称伯禹。为有天下之号,史称夏禹,又称夏后氏。在位八年,后南巡,崩于会稽(今浙江绍兴市)。据传,禹治水,历十年之久,"三过其门而不入",终于战胜洪水,民得以安。

禹定九州

二

要从根本上止住洪水，
必须先制服制造洪水的罪魁祸首——共工。
但共工神力太强，仅凭禹一个人是不行的。
于是，禹在会稽山①上召集天地鬼神，
合众神之力，把共工囚禁在了幽州②。
天帝看到众神都支持禹，
终于明白自己的决定是错误的，
于是派玄龟送来息壤。

三

禹得到了息壤，很快就堵住了洪水。
人们欢呼雀跃，齐声高呼："大禹，大禹！"
就在此时，"轰隆"一声巨响划破天际，
接着，洪水冲破了息壤的禁锢，

---

①会稽山：古山名。原名茅山、苗山，亦称亩山、防山、镇山、覆釜山、宛委山，位于绍兴北部平原南部，跨越上虞区、柯桥区、越城区、诸暨市、新昌县、嵊州市等地。主峰香炉峰，山上有大禹陵。
②幽州：古地名。亦作"幽洲"。古九州之一。《尔雅·释地》："燕曰幽州。""燕"，指战国燕地，即今河北北部及辽宁一带。

但共工神力太强，仅凭禹一个人是不行的。
于是，禹在会稽山上召集天地鬼神，
合众神之力，把共工囚禁在了幽州。

携带着比之前还凶猛的力量,
从四面八方汹涌而出。

四

人们在洪水中挣扎,呼救。
"救命啊!"
"大禹,救救我们啊!"
禹化身为虬龙①,与众神一起在洪水中救人。
但即使是神,在洪水面前的力量也是弱小的。
这时,人脸鱼身的河伯②从水波里跳出来。
河伯说:"禹,天地间的水都由共工掌控,
如今共工被你囚禁,这水便再没有神能控制。
你要治水,必须了解水的本性。"
"水的本性是什么?"禹问。

----

　　①虬龙:传说中的一种龙。《楚辞·天问》:"焉有虬龙,负熊以游?"王逸注:"有角曰龙,无角曰虬。言宁有无角之龙,负熊兽以游戏者乎?"
　　②河伯:传说中的河神。《庄子·秋水》:"于是焉,河伯欣然自喜,以天下之美为尽在己。"陆德明释文:"河伯姓冯,名夷,一名冰夷……一云姓吕,名公子;冯夷是公子之妻。"

禹化身为虬龙,与众神一起在洪水中救人。

但即使是神,在洪水面前的力量也是弱小的。

这时,人脸鱼身的河伯从水波里跳出来。

五

河伯说:"水是万物生长的根本。
安静时可以滋养万物,
暴躁时可以毁灭生灵。
天地间的水量千万年都恒定不变,
不会增加,也不会减少。
所以水是堵不住的,只能疏导。"
河伯给了禹一块水淋淋的大青石,说:
"这是治水的河图①,你只要按照河图的指引,
让天地间的水循环起来,洪水自然就会消退。"

六

"可是,水要如何才能循环起来呢?"
禹苦思冥想,也想不到好的办法。
玄龟慢吞吞地爬了过来:
"我们可以削平一些山岗,

---

①河图:儒家关于《周易》卦形来源的传说。《尚书·顾命》:"大玉、夷玉、天球、河图,在东序。"孔传:"伏羲王天下,龙马出河,遂则其文以画八卦,谓之'河图'。"

用泥土把人们居住的地方填高，
留出沟壑让洪水通行，
水就很难淹没人们的住所和农田了。"
应龙①也飞了过来说："把洪水分成许多条河流，
让河流再注入大海，不仅把水的力量分散了，
还能让水发挥它滋养万物的作用。"

七

玄龟招来成千上万的神龟，
让它们把息壤驮在背上。
禹坐在玄龟的背上，按照河图的指引，
指挥神龟们用息壤把土地垫高。
神龟们虽然慢慢吞吞，
但身体壮硕，力气也大，
白天黑夜不眠不休。

---

①应龙：古代传说中一种有翼的龙。相传禹治洪水时，有应龙以尾画地成江河，使水入海。《楚辞·天问》："应龙何画，河海何历？鲧何所营？禹何所成？"《文选·班固〈答宾戏〉》："应龙潜于潢污，鱼鼋（yuán）媟（xiè）之。"吕延济注："应龙，有翼之龙也。"《太平御览》卷九三四引《述异记》："龙，五百年而为角龙，又千年为应龙。"

玄龟招来成千上万的神龟,
让它们把息壤驮在背上。
禹坐在玄龟的背上,按照河图的指引,
指挥神龟们用息壤把土地垫高。

八

应龙召唤出自己的兄弟,
按照禹的指引开凿河道。
应龙在前面开路,它的尾巴指引到哪儿,
神龙们就把河川开凿到哪儿。
它们凿开了龙门①、玉垒②等九座山,
凿通了长江、黄河等九条河,
凿出了太湖、鄱阳湖等九个湖。

九

禹亲自带着百姓治理洪水。
青壮年用扁担挑泥土,用石斧凿大山,
老人妇女在家种地,小孩负责送水送饭。
大家分工明确,齐心协力,

---

①龙门:古山名。即禹门口。在山西省河津市西北和陕西省韩城市东北。黄河至此,两岸峭壁对峙,形如门阙,故名。《尚书·禹贡》:"导河积石,至于龙门。"《艺文类聚》卷九六引辛氏《三秦记》:"河津一名龙门,大鱼集龙门下数千,不得上,上者为龙,不上者□,故云曝鳃龙门。"

②玉垒:指玉垒山。在四川省理县东南。多作成都的代称。晋左思《蜀都赋》:"廓灵关以为门,包玉垒而为宇。"刘逵注:"玉垒,山名也,湔(jiān)水出焉。在成都西北岷山界。"

青壮年用扁担挑泥土,用石斧凿大山,
老人妇女在家种地,小孩负责送水送饭。

干了整整十三年,
终于把洪水疏导进了大海。
从此,天地间的江河湖海相通,
天地间的水循环不息。

十

为了让人们更好地生活,
禹把天下分成九州①,
把天下的百姓分散到四方,
开垦土地,繁衍后代。
禹治理了洪水,受到天下百姓的拥护。
舜帝感念禹的功劳,把帝位禅让给禹。
禹勤政爱民,励精图治,
至此开启了华夏民族的新纪元。

---

①九州:古代分中国为九州。说法不一。《尚书·禹贡》作冀、兖、青、徐、扬、荆、豫、梁、雍。《尔雅·释地》有幽、营州而无青、梁州。《周礼·夏官·职方》有幽、并州而无徐、梁州。后以"九州"泛指天下,全中国。《楚辞·离骚》:"思九州之博大兮,岂惟是其有女?"

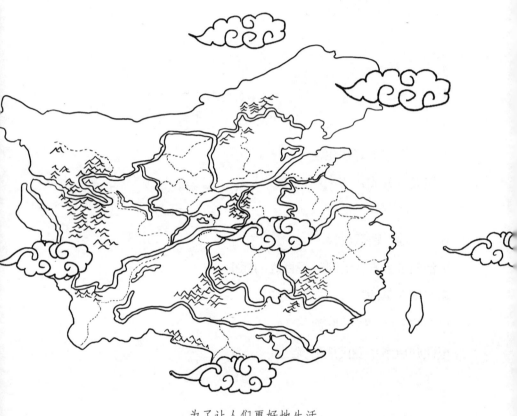

为了让人们更好地生活,
禹把天下分成九州,
把天下的百姓分散到四方,
开垦土地,繁衍后代。

【衍说】

禹是中国神话中非常具有代表性的英雄人物。他既是治水英雄,也是民族精神的缔造者。他身上敢与天斗的精神,成为华夏民族代代相传的民族精神内涵。《史记》《尚书》《山海经》《论语》等典籍中都曾有关于大禹治水的事迹。《尚书·益稷》载:"禹曰:'洪水滔天,浩浩怀山襄陵,下民昏垫。予乘四载,随山刊木,暨益奏庶鲜食。予决九川,距四海,浚畎浍距川;暨稷播,奏庶艰食鲜食。懋迁有无,化居。烝民乃粒,万邦作乂。'"《论语·泰伯》记载子曰:"禹,吾无间然矣。菲饮食而致孝乎鬼神,恶衣服而致美乎黻冕,卑宫室而尽力乎沟洫。禹,吾无间然矣。"《中国古代史名词解释汇编》(上)总结说:"禹,传说中古代部落联盟的领袖。姒姓,亦称大禹、夏禹、戎禹。一说名文命。鲧之子。原为夏后氏部落领袖,奉舜命治理洪水。据后人记载,他领导人民疏通江河,兴修沟渠,发展农业。在治水十三年中,三过家门而不入。以后治水有功,被舜选为继承人,舜死后即位。传曾铸九鼎。其子启建立了中国历史上第一个奴隶制国家,即夏代。"这里的记载就明确指出了禹是夏王朝的奠基人。

"夏"不仅是我国历史上第一个民族共同体,而且是历史上公认的第一个"和睦万邦"。它凝聚了众多族群,构成了

禹定九州

"多元一体"的民族共同体。也就是说,早在4000多年前,我国就已经是多民族共同体,而且它不是通过血腥暴力建立起来的,而是基于一个共同利益和目标自发组织起来的。这个共同利益和目标就是本文中所说的治水。西周青铜器"遂公盨"上的铭文已经证实,大禹治水的故事在周时便已存在。

禹开始治水时,如他的父亲鲧一样,是用堵塞的方法,但不仅没有成功,反而导致了更大的灾难。水至柔至刚,没有任何东西能堵住。河伯的话道出了水的秘密:"天地间的水量千万年都恒定不变,不会增加,也不会减少。所以水是堵不住的,只能疏导。"禹听取了他的意见,采用了疏导的方式。在《墨子·兼爱》《淮南子·坠形训》等典籍中,记载了大禹治水时系统考察全国地形的情况。从东到西,从北到南,他因势利导、因地制宜地分别采取了泄、注、洒、凿、漏、流等不同的治水方法。如《孟子注疏·滕文公章句上》:"禹疏九河,瀹济、漯而注诸海;决汝、汉,排淮、泗而注之江。"即便是用今天的水利知识来验证,这些治水方法也是科学的。这也是一个国家和民族的优良传统、优秀品格在水事活动中的体现。神话的本质,不在于它"虚假"的叙事表面,而在它的深层结构和象征意义中。正如黑格尔所说:"在神话所揭示的后面,还隐藏着较深的意义。"

以往的大禹治水故事,多是宣扬大禹个人的能力和魅力。本文依据传世文献,塑造了一个善于凭借众人力量来治水的大禹形象,人物更加丰富,场面更加宏伟。大禹在这里充当的是伟大而智慧的领导者角色。他带领大家治水的过程,实际上也是认识自然和社会规律的实践过程。与他的父亲鲧不同的是,禹能汇聚众神,并使众志成城。个人的力量总是有限的,懂得团结协作,才能取得最后的成功。所以大禹治水的故事,不仅仅是大禹个人英雄主义的体现,而且是集体主义精神和上古朴素水利科学观的体现,更是一部中华民族一体多元、同源异流、和谐共存的美好画卷。

通灵玉琯

刘勤 付雨桁 撰
韩玲 绘

【原典】

○（战国）《山海经·西山经》："玉山，是西王母所居也。西王母其状如人，豹尾虎齿而善啸，蓬发戴胜，是司天之厉及五残。"

○（战国）《山海经·海内北经》："西王母梯几而戴胜，其南有三青鸟，为西王母取食。在昆仑虚北。"郭璞注："又有三足鸟，主给使。"

○（东汉）许慎《说文解字·管》："管，如篪，六孔。十二月之音。物开地牙，故谓之管。从竹官声。"

○（东汉）许慎《说文解字·笙》："笙，十三簧。象凤之身也。笙，正月之音。物生，故谓之笙。大者谓之巢，小者谓之和。从竹生声。古者随作笙。"

○（东汉）应劭《风俗通义·管》："《诗》云：'嘒嘒管声……'《礼·乐记》：'管，漆竹，长一尺，六孔，十二月之音也。物贯地而牙，故谓之管。'《尚书大传》：'舜之时，西王母来献其白玉管。'昔章帝时，零陵文学奚景，于泠道舜祠下得生（笙）白玉管。知古以玉为管，后乃易之以竹耳。夫以玉作音，故神人和，凤皇仪也。"

○（南朝梁）萧绎《金楼子·兴王》："尧乃老，使舜摄行天子政。巡狩，得举用事，卿云出，景星见。西王母使使乘白鹿，驾羽车，建紫旗，来献白环之玦，益地之图，乘黄之驷。"

【今绎】

一

在神奇而美丽的玉山①之上,

有位至高无上的女神,叫西王母②。

她的宫殿全是用玉砌成的,

屹立于玉山的悬崖峭壁上。

她用的是玉器,

吃的是玉屑③。

青鸟④是她的使者,

---

①玉山:西王母所居之山。《山海经·西山经》:"玉山,是西王母所居也。西王母其状如人,豹尾虎齿而善啸,蓬发戴胜,是司天之厉及五残。"

②西王母:一指中国古代神话中的女神,因她有不死之药,所以后来又作为长生不老的象征。一指古国名。《尔雅·释地》:"觚竹、北户、西王母、日下,谓之四荒。"郭璞注云:"觚竹在北,北户在南,西王母在西,日下在东,皆四方昏荒之国次四极者。"

③玉屑:玉的碎末,神仙常以为食。《周礼·天官·玉府》:"王齐则共食玉。"汉郑玄注云:"玉是阳精之纯者,食之以御水气。郑司农云:'王齐当食玉屑。'"《三国志·魏志·卫觊传》:"昔汉武信求神仙之道,谓当得云表之露以餐玉屑,故立仙掌以承高露。"宋谢翱《后桂花引》:"修月仙人饭玉屑,瑶鸭腾腾何处爇。"

④青鸟:神话传说中为西王母取食传信的神鸟。《山海经·海内北经》:"西王母梯几而戴胜,其南有三青鸟,为西王母取食。在昆仑虚北。"

白虎①是她的坐骑，
从来没有人见过她的真面目，
因为她常常戴着猛虎面具，
露出的尖牙让人不寒而栗。

二

西王母有一支晶莹剔透的白玉琯②，
色泽均匀，不含一丝杂质，
透着微微的、暖暖的白光。
你若留心观察，它的身上还饰有
栩栩如生的龙凤纹理哩！
当西王母在玉山之巅吹响白玉琯的时候，
万物复苏，奋力生长。

---

①白虎：白额虎。《史记·秦始皇本纪》："二世梦白虎啮其左骖马，杀之，心不乐。"汉张衡《西京赋》："东海黄公，赤刀粤祝，冀厌白虎，卒不能救。"这里是指神话中的神兽。汉代壁画上，西王母常坐在龙虎座上。

②白玉琯：白玉制的律管。《汉书·律历志上》："竹曰管。"唐颜师古注云："汉章帝时，零陵文学奚景于泠道舜祠下得白玉管。古以玉作，不但竹也。"

青鸟是她的使者,
白虎是她的坐骑,
从来没有人见过她的真面目,
因为她常常戴着猛虎面具,
露出的尖牙让人不寒而栗。

植物从土里冒出嫩芽,
牛羊长高了一大截,
就连家门口的河水都涨满了……

三

舜美好的名声四海皆知,
他对待继母就像对待自己的生母一样。
入冬以后,继母常常犯病,
甚至不能下床。
舜帝又老又瞎的父亲瞽叟,
整日只知道唉声叹气。
舜一边软言安慰父亲,
一边衣不解带地照顾病榻上的继母。

四

舜作为国君,本来就日理万机,
现在更加操劳,几乎日夜未眠。
一天夜里,平时疼痛难眠的继母

很快就进入了沉沉的梦乡。

舜紧张的神经终于松弛了一下,

就靠着病榻打了个盹儿,做了个梦。

梦里仙雾缭绕,白玉生烟。

一位头戴玉胜的女神,

骑着一头威风凛凛的白虎,凌空而来。

女神说:"别怕,我是西王母。

因你至孝至善,祖上世籍乐官,

白玉琯择你为主,你且受命①。"

说完一只凤凰便给他衔来玉琯,

待他再要细看时,就醒了。

五

神人的声音还萦绕在耳畔,

这时又听到美妙的乐声从空中传来,

他循声望去,

一支通透的白玉琯在空中摇曳,

---

①受命:受天之命。《尚书·召诰》:"惟王受命,无疆惟休,亦无疆惟恤。"《史记·日者列传》:"自古受命而王,王者之兴何尝不以卜筮决于天命哉!"

就像在跳舞一样。
白玉琯的样子与梦中所见一模一样。
它的周围隐约可见飞舞着几只金色的凤凰。
舜揉揉眼睛,简直不敢相信,以为还在梦中。
他看见身旁熟睡的继母,
喃喃自语道:"啊,这不是梦,这是真实的!"
"白玉琯择你为主,你且受命……"
隐隐地,他仿佛又听见女神的声音。
于是,舜双手恭敬地接过白玉琯,
然后小心翼翼地将它放在匣子里。

六

谁都没有想到,
这一切恰恰被一个江洋大盗看见了。
此人偷盗数十年,从未失过手。
他心里窃喜:嘿嘿,这宝贝是我的了!
舜刚一出门,他便从高高的梁上跳下来,
落地竟没有一点声音。
可他的手刚要去捧匣子时,
脚却被一个花瓶绊了一跤。

白玉琯的样子与梦中所见一模一样。
它的周围隐约可见飞舞着几只金色的凤凰。
舜揉揉眼睛,简直不敢相信,以为还在梦中。

响声惊动了侍卫,
可大家开门并未发现什么异样。
原来,此盗武功高强,
早就练就了一身奇功,
身体能长能短,能大能小。
他早把自己变小,躲进了花瓶里。

七

白玉琯终于得手了!
大盗亲自把白玉琯锁进了地下洞穴。
那里有数不清的金银珠宝,照烂龙鳞;
那里有看不完的古玩奇珍,光怪陆离;
大盗自鸣得意,喝得酩酊大醉。

八

天还没亮,一个衣衫褴褛、白发苍苍的老妇人,
在门口大叫着要见他,并带着哭腔说道:
　"你这个不孝子啊,你父亲快要不行啦……"

响声惊动了侍卫,
可大家开门并未发现什么异样。
原来,此盗武功高强,
早就练就了一身奇功,
身体能长能短,能大能小。
他早把自己变小,躲进了花瓶里。

原来,这老妇人正是大盗的母亲。

老两口不堪被儿子虐待,

躲进了深山破屋里。

现在老伴得了伤寒,无钱医治,不久于人世,

于是老妇人来求儿子去见父亲最后一面。

外面的喧闹惊扰了大盗的美梦,

喽啰前来禀报,却被他踢了一脚。

他怒气冲冲走到门口,

二话不说给了母亲两个耳光:

"死了好,都死了更好!"

九

大盗话音刚落,就有喽啰前来禀报:

"不……不好了! 大王,宝库里发出了怪声!

像……像……像是在不停地骂'不孝子'。"

"混账东西!"大盗恼羞成怒,

一记耳光把喽啰打得转了两圈,跌了两跤。

只听这怪声越来越大,果然像是有人在骂"不孝子",

而且像是边骂边摔东西,宝库里丁零当啷响作一片。

他怒气冲冲走到门口,

二话不说给了母亲两个耳光:

"死了好,都死了更好!"

十

"哎呀呀,我的宝物啊,我的心肝啊!"

大盗心疼宝物,命人赶紧开门查看。

一开门,没见人影儿,

却见宝物们争先恐后地往外涌,

千年木、十兽图、琅玕①、玉壶、金龟、珍珠、珊瑚……

排在最前面的正是他新得手的白玉琯。

宝物们漂浮在半空中,慢慢飞向人群多的地方,

霎时间,光芒万丈,驱散晨雾,照亮了方圆几百里。

人们被惊醒,纷纷披衣跑出来看。

"快瞧,那不是姬氏陪嫁来的红珊瑚吗?"

"快来看,那不是姜氏的家传宝玉壶吗?"

"天啦,那不是姚老爹家的金龟子吗?"

……

这些宝物好像受了召唤,纷纷自动飞回主人家中。

"回来! 都给我回来——"

---

①琅玕(láng gān):一说,似珠玉的美石。《尚书·禹贡》:"厥贡惟球、琳、琅玕。"孔传:"琅玕,石而似玉。"孔颖达疏:"琅玕,石而似珠者。"三国魏曹植《美女篇》:"攘袖见素手,皓腕约金环;头上金爵钗,腰佩翠琅玕。"一说,传说和神话中的仙树,其实似珠。《山海经·海内西经》:"服常树,其上有三头人,伺琅玕树。"郭璞注:"琅玕子似珠。"晋葛洪《抱朴子·祛惑》:"(昆仑)有珠玉树,沙棠、琅玕、碧瑰之树。"唐杜甫《玄都坛歌寄元逸人》:"知君此计成长往,芝草琅玕日应长。"

大盗气得直跺脚，追着宝物到了集市，
才发现自己已在众目睽睽之下。
惊慌之际，他想再施展奇功隐遁而去，
却发现自己的双手像被什么定住了一样，
先是不能动弹，随后竟然慢慢变成了石头。

十一

大盗被五花大绑，关押入狱。
他恨得牙痒痒，不知怎么回事。
这时只见白玉琯漂浮到半空中，
发出清脆的声音，像是在对他说话：
"睿智之人使父亲欢乐，愚昧之人使母亲蒙羞。"
白玉琯变成一面镜子，显现出舜帝的一幕幕孝行，
大盗终于明白，这一切怪事的出现都是因为自己不孝。
孝顺的人怎么会虐待父母呢？
孝顺的人又怎么会去偷盗呢？

这些宝物好像受了召唤,纷纷自动飞回主人家中。

"回来!都给我回来——"

大盗气得直跺脚,追着宝物到了集市,

才发现自己已在众目睽睽之下。

惊慌之际,他想再施展奇功隐遁而去,

却发现自己的双手像被什么定住了一样,

先是不能动弹,随后竟然慢慢变成了石头。

十二

像往常一样,舜一忙完公事,就给继母煎药。
他耐心地吹温碗中的药,偶尔还尝尝苦不苦。
白玉琯又悄悄地回到了匣子里,舜浑然不知。
一切是如此的平静,好像它从未消失过一样。

十三

很多年后,舜去世了。
人们哭着把舜埋在了九嶷山上,
一起下葬的白玉琯却自己消失了。
后来,到了汉代,有一个叫奚景的人,
在舜的祠堂里又得到了白玉琯。
他大概也是至孝之人吧!

【衍说】

与"玉"相关的神灵可以说不胜枚举,西王母便是其中一位。

西王母又称"西母""王母""瑶池金母""王母娘娘"等。西王母的形象最早出现在《山海经》中,主掌灾异和刑罚,故而长相凶悍,呈现出一种半人半兽(更偏重兽)的形象:"其状如人,豹尾虎齿而善啸,蓬发戴胜,是司天之厉及五残。"同其他原始神话一样,西王母神话也经历了一个逐渐演变的过程。首先,自汉代起,西王母的形象就开始逐渐美化,所司神职也有了变化。在《穆天子传》中,周穆王所遇之西王母,为天帝之女,不仅能够吟诗酬唱,甚至还能谈论治国之道,才华横溢。相较《山海经》中的记载,尤为突出的就在于其形象变得更为美丽动人。而《汉武故事》有载:"有顷,王母至,乘紫车,玉女夹驭,戴七胜,履玄琼凤文之舃,青气如云,有二青鸟如乌,夹侍母旁。下车,上迎拜,延母坐,请不死之药……母笑曰:'此桃三千年一着子,非下土所植也。'"这里的西王母形象又有了变化。她不仅装扮雍容华贵,并且还变成了掌管不死之药的吉神。此处所出现的蟠桃更是成了一种典型的长生仙物,为西王母所掌管,这一点在后来的史籍也有记述。如《西游记》中蟠桃就主要为西王母召开蟠桃宴所用。除此之外,在嫦娥奔月的神话传说中,不死之药也是由西王母掌管的。东晋干宝《搜神记》:"羿请无死之药于西王母,嫦娥窃之以奔月,将往,枚筮之于有黄。有黄占之曰:'吉。翩翩归妹,独将西行。逢天晦芒,毋恐毋惊。后且大昌。'嫦娥遂托身于月,是为'蟾蜍'。"其次,西王母神话的演变,不仅体现在内容情节上的逐步增加、形象性格的渐趋饱满,甚至还出现了与中国本土宗教——道教相结合的情况。西王母形象也屡屡出现在道家典籍之中,如《道藏三洞经》记载:"西王母者,太阴之元气也,姓自然,字君思,下治昆仑,上治北斗。"

与此同时,史籍中也记载了很多关于西王母与各帝王(黄帝、尧、舜、禹、汉武帝等)之间所发生的故事。但这些基本都是当政者为了攀附西王母,表现"君权神授"观念而杜撰出来的。本文中"王母赐白玉琯"的情节也正是由此而来。并且,我们从上述所引古籍文献中还可以看出:为了体现政权、君王的神圣性,人类还会弱化神灵,故不为"赐",而为"献"。因此,西王母与舜帝的关系,即由于舜帝德治天下达到了完美境界,西王母从很远的地方送来了祥瑞之物表示庆贺。但这显然不是起初的情况,故本文将"献"还原为"赐"。

文中的神物白玉琯,是白玉制作的管类乐器。"琯"即"管",是类似于箎、笙的乐器。"管,如箎,六孔。十二月之音。物开地牙,故谓之管。""笙,十三簧。象凤之身也。笙，正月之音。物生，故谓之笙。"《说文解字》中的这些描述，透露出十分原始的神话思维。因为"管"有孔，中空而通，便能"物贯地牙"，声成"十二月之音"；"笙"谐音"生"，所以代表生生不息，其声故为正月之音，催生万物。这是模拟巫术、接触巫术。文中第二段便是对这一点的表现。

《说文解字·笙》说"笙"，"象凤之身也"。《风俗通义·管》引《尚书大传》又说"夫以玉作音，故神人和，凤凰仪也。"这都是在用凤凰这类祥瑞之鸟，来表示音乐的和美；而音乐的和美，又是政治完美的体现。对于舜的时代或我们对舜的塑造来说，他的政治清明是由"家"的和谐体现出来的，其中，最具有标志性的又是"孝"。本文的中心也正是落在"孝"上：孝是白玉琯择主的唯一标准，只有至孝至善之人才会得到白玉琯的"青睐"。因此，白玉琯选择了至孝的舜，离开并惩罚了不孝的大盗。

大蛇延维

刘勤苏德 撰
韩玲 绘

【原典】

○（战国）《山海经·海内经》："有人曰苗民，有神焉，人首蛇身，长如辕，左右有首，衣紫衣，冠旃冠，名曰延维，人主得而飨食之，伯天下。"

○（战国）《山海经·北山经》："又北百八十里，曰浑夕之山，……有蛇，一首两身，名曰肥遗，见则其国大旱。"

○（战国）庄周《庄子·达生第十九》："委蛇，其大如毂，其长如辕，紫衣而朱冠。其为物也，恶闻雷车之声，则捧其首而立。见之者殆乎霸。"

○（西汉）贾谊《新书·春秋》："今日吾见两头蛇，恐去死无日矣。"

○（晋）郭璞《山海经图赞·延维》："委蛇霸祥，桓见致病。管子雅晓，穷理折命。吉凶由人，安有咎庆？"

附：

○李剑平《中国神话人物辞典·延维（委蛇）》：神话人物。《庄子·达生》："桓公田于泽，管仲御，见鬼焉。公抚管仲之手曰：'仲父何见？'对曰：'臣无所见。'公反，诶诒为病。数日不出。齐士有皇子告敖者曰：'公则自伤，鬼恶能伤公？'桓公曰：'然则有鬼乎？'曰：'有。山有夔，野有彷徨，泽有委蛇。'公曰：'请问委蛇之状何如？皇子曰：'委蛇，其大如毂，其长如辕，紫衣而朱冠。其为物也，恶闻雷车之声，则捧其首而立。见之者殆乎霸。'桓公辴然而笑曰：'此寡人之所见也。'于是正衣冠与之坐。不终日不知病之去也。"按，委蛇即延维。《山海经·海内经》："有人曰苗民，有神焉，人首蛇身，长如辕，左右有首，衣紫衣，冠旃冠，名曰延维，人主得而飨之霸天下。"郭璞注说："齐桓公见之于大泽，遂霸诸侯。"按，延维即委蛇。闻一多《伏羲考》以延维、委蛇为一物，即汉武梁祠画像中人首蛇身的伏羲、女娲交尾像，是南方苗族的始祖神。可备一说。

○尹国兴《红山密码》："人首蛇身，或作'人面蛇身''龙首蛇身'，是伏羲、女娲的形象。伏羲、女娲葬于大蛇的头部，因此后世传为人首蛇身的形象，成了蛇神，是中国古代的重要图腾。大蛇，即螣蛇，蛇头在大庙村。伏羲、女娲的后世子孙以蛇为图腾，形成了多个人首蛇身的部族，如《山海经》中的'轩辕国''钟山之神''相柳''鬼国''琴虫''延维''窫窳''烛龙'（'祝融'），皆为人首蛇身。"

【今绎】

一

九嶷山①上埋葬着伟大的舜帝,
几十条蛇蜷缩在舜帝身旁冬眠。
为首的是两条大蛇。
一条是红色的,一条是紫色的。
春暖花开,万物复苏,
终于到了出洞觅食的季节,
两条蛇便带着蛇群顺着溪水游荡。
在溪口处,蛇群合为一体,
变成一条双头大蟒蛇。

二

大蟒蛇站立起来,

---

①九嶷山:又名苍梧山,相传是安葬舜的地方。《史记·五帝本纪》:"(舜)践帝位三十九年,南巡狩,崩于苍梧之野,葬于江南九嶷,是为零陵。"

为首的是两条大蛇。

一条是红色的,一条是紫色的。

大蟒蛇站立起来,比马车车轮还大,比车辕还长。

蛇头变成人头,一颗是美女头,一颗是俊男头。

比马车车轮还大,
比车辕还长。
蛇头变成人头,
一颗是美女头,
一颗是俊男头。
美女头一见人就笑,
弯弯的眼睛发出勾魂摄魄的光芒;
俊男头戴着红色的官帽,
穿着紫色的官服,
裙襦下面露出长长的尾巴。

三

人们吓得四下逃窜,边跑边喊:
"是延维! 吃人的延维来啦! 大家快跑!"
延维心里很委屈,它说:
"生死皆由天定,万物自有因果。
被吃掉的人自有被吃掉的道理。
假若你是舜帝那样的人,我吃你做甚?"
然而,人们怎么会相信一条怪蛇的话呢?

四

昏惨惨晚霞难收,

延维不知去处。

它看见一束微弱的火光,

便变成一位美丽的女人,

迎着火光走去。

它走近了,听见一个女人在诅咒。

它走到女人背后,拍拍她的肩头问道:

"你在说什么?"

女人掉过头,上下打量着延维,说:

"我嫉妒世间所有的美女,

我愿你们统统死掉。"

延维轻轻"哦"了一声,

便用尾巴卷起女人,

一口吃掉了她。

五

冷飕飕江风正起,

延维不念归途。

它看见一束微弱的火光,便变成一位美丽的女人,迎着火光走去。它走近了,听见一个女人在诅咒。

它听见刺耳的歌声，

便变成一个戴官帽的美男子，迎着歌声走去。

它看见一个肥胖的男人正放声高歌。

延维问："你在唱什么？"

男人一把抢过延维红色的官帽，

扣在自己头上，大笑道：

"地是我的！ 人是我的！ 牲口是我的！ 统统都是我的！"

"您可真贪婪啊！"官帽飞回延维头上。

延维张开大嘴，一口吞掉了那个男人。

六

夜沉沉，饥鼠窥灯，

延维四顾茫然。

婴儿的哭声此起彼伏，

划破了宁静的夜空。

闪电出，暴雨下，

树倒花残，柴门紧闭。

延维透过细细的门缝，

看到了村民们的眼睛。

那一双双眼睛里，

延维张开大嘴,一口吞掉了那个男人。

有胆怯，有憎恨，有逃避，也有无奈……

七

后来，他游荡到一座高高的祭坛前。
年迈的首领正带领着大臣们，
跪在祭坛前磕头。
首领嘴里念念有词：
"求舜帝保佑我们，
早日召回那吃人的延维，
让百姓不再担惊受怕。
我愿以十年的寿命相抵。"

八

延维应声降临祭坛。
它变得巨大无比，
蛇身将祭坛层层缠绕，
不时吐出紫黑色信子。
延维俯视着那首领，问道：

"十年的寿命算什么呢,
敢不敢用你的命来换?"
"好。"首领答应了。

九

延维庞大的身躯逼近首领。
它的舌头在首领面前伸缩,忽近忽远,
发出恐怖的"咝咝"声。
那些平日里老成持重的大臣们,
这时额头上挂满了豆大的汗珠,面如死灰,
有的甚至吓得当场就昏厥了。
然而首领却纹丝不动地立在延维面前,
如同一棵傲然挺立的青松。

十

突然,雷声翻滚而来,
似乎要将天地碾得粉碎。
一个闪电猛击下来,

延维应声降临祭坛。它变得巨大无比,
蛇身将祭坛层层缠绕,不时吐出紫黑色信子。
然而首领却纹丝不动地立在延维面前,
如同一棵傲然挺立的青松。

像巨手一般拍碎了祭坛的一角。

延维一惊,不禁感叹:

"逝者已逝不可追,

心怀百姓方可为。

不如归去,不如归去!"

说罢,它去掉官帽,褪去华服,

纵身跃进了九嶷山下茫茫水泽里。

说罢,它去掉官帽,褪去华服,纵身跃进了九嶷山下茫茫水泽里。

【衍说】

蛇在神话原始意象中常表现为无性别（实际上是阴性）的"乌罗伯洛斯"（uroboros，衔尾环蛇），也常明确表现为女性或者男性。当它表现为女性的时候，往往作为生殖女神和地母神的代表，是生命的赐予者和永生不死的象征；而其负面表现则是生命的吞噬者和邪恶灾祸的象征。当它表现为男性的时候，往往作为阴茎的象征而成为女神的伴侣，是女性的诱惑者。

在西方的《圣经》里面，蛇就具有正负二元性。它引诱夏娃偷吃"禁果"，是导致"男女媾精"之因，当然也是人类代代相传秘密和智慧的发现者。与此同时，它又是导致人类失去自由和乐园、被降身原罪的罪魁祸首。在中国，人首蛇身的伏羲、女娲，是人类的祖先。《山海经》中所载的几乎所有一流大神，都具有"蛇身"或"蛇尾"的形象，体现出中国远古龙蛇崇拜的兴盛。尹国兴在《红山密码·人首蛇神之神》中说道："人首蛇身，或作'人面蛇身''龙首蛇身'，是伏羲、女娲的形象。伏羲、女娲葬于大蛇的头部，因此后世传为人首蛇身的形象，成了蛇神，是中国古代的重要图腾。大蛇，即螣蛇，蛇头在大庙村。伏羲、女娲的后世子孙以蛇为图腾，形成了多个人首蛇身的部族，如《山海经》中的'轩辕国''钟山之神''相柳''鬼国''琴虫''延维''窫窫'"烛龙"("祝融"),皆为人首蛇身。(参阅尹国兴《红山密码》)《山海经·海内经》所载的延维,也是"人首蛇身"之神灵的代表之一。

延维,又叫委蛇。 郭璞注:"延维,委蛇。"延维身上,同样具有正负二元性。

延维的正面性,除了源于蛇具有的顽强生命力、旺盛生殖力、死而不僵、僵而不死,是永恒生命的象征外,还源于蛇的政治化。《庄子·达生》就说延维"见之者殆乎霸"。 故事中延维"紫衣""朱冠"的着装也从侧面表现了这一点。齐人好紫,《韩非子》有"齐桓公好服紫,一国尽服紫"的说法(后来,尚紫之风随着道家的提倡愈演愈烈);周人尚赤,贵族服装通常都选用红色。 总之,红色和紫色都非常高贵,并与特定时代和地域文化特点息息相关。 延维(委蛇)"紫衣""朱冠",集红和紫于一身,可见当时人们是按照贵族的标准来塑造延维(委蛇)的,寄托着人们"见之者殆乎霸"的政治理想。

延维的负面性,源于蛇的本身的危险性和大母神的吞噬性。 蛇,在先民心中是害虫,同祸患、恐怖联系在一起。譬如《山海经·北山经》曾记载:"有蛇,一首两身,名曰肥遗,见则其国大旱。"这里蛇是作为干旱的象征和预兆。李炳海在《从狞厉神秘到屈曲宛转——委蛇的齐文化特征及文学内涵》中解释说,蛇在早期是作为先民的异己力量出现的,人们从它那里想到的总是对自身的危害,所以就尽量丑化它,进而疏远、逃避它,所以也才有了贾谊"今日吾见两头蛇,恐去死无日矣"的恐惧与感叹。

湘妃泣竹

刘勤 税小小 撰
韩玲 绘

【原典】

○（战国）《山海经·大荒北经》："东北海之外，大荒之中，河水之间，附禺之山，帝颛顼与九嫔葬焉。……卫丘方员三百里，丘南帝俊竹林在焉，大可为舟，竹南有赤泽水，名曰封渊。"

○（战国）《山海经·中山经》："……洞庭之山……帝之二女居之，是常游于江渊。澧沅之风，交潇湘之渊，是在九江之间，出入必以飘风暴雨。"郭璞注"二女"云："天帝之二女，而处江为神，即《列仙传》江妃二女也。"

○（西汉）刘向《列女传》："帝尧之二女，长曰娥皇，次曰女英，尧以妻舜于妫汭。舜既为天子，娥皇为后，女英为妃。舜死于苍梧，二妃死于江湘之间，俗谓之湘君。"

○（西晋）张华《博物志·史补》："尧之二女，舜之二妃，曰湘夫人。舜崩，二妃啼，以涕挥竹，竹尽斑。"

○（西晋）皇甫谧《帝王世纪·五帝第二》："（舜）崩于鸣条，年百岁。殡以瓦棺，葬苍梧九嶷山之阳。"

○（东晋）罗含《湘中记》："舜二妃死为湘水神，故曰湘妃。"

○（北魏）郦道元《水经注·湘水》："湘水又北径黄陵亭西，右合黄陵水口，其水上承大湖，湖水西流，径二妃庙南，世谓之黄陵庙也。言大舜之陟方也，二妃从征，溺于湘江，神游洞庭之渊，出入潇湘之浦。潇者，水清深也，《湘中记》曰：'湘川清照五六丈，下见底石，如楯蒱矢，五色鲜明，白沙如霜雪，赤崖若朝霞，是纳潇湘之名矣。'故民为立祠于水侧焉，荆州牧刘表刊石立碑，树之于庙，以旌不朽之传矣。"

〇（南朝梁）任昉《述异记》："舜南巡，葬于苍梧。尧二女娥皇、女英泪下沾竹，文悉为之斑。"

〇（明）朱慎钟《湘妃竹》："翠华寂寞倚龙孙，哭向苍梧白日昏。江雨自深三楚泪，春云不散九嶷魂。"

〇（明）于慎行《题斑竹扇二首·其一》："斑染湘妃泪，为纨自不群。挥炎暑退，堪并五明文。江湘生美竹，栽扇更多文。"

〇（清）郑板桥《为黄陵庙女道士画竹》："湘娥夜抱湘云哭，杜宇鹧鸪泪相逐。丛篁密筱遍抽新，碎剪春愁满江绿。赤龙卖尽潇湘水，衡山夜烧连天紫。洞庭湖渴莽尘沙，惟有竹枝干不死。竹梢露滴苍梧君，竹根竹节盘秋坟。巫娥乱入襄王梦，不值一钱为贱云。"

【今绎】

一

在今天的洞庭湖一带，
有一种美丽的竹子，
它的枝干上总是不均匀地长着一些斑块或斑点，
像一滴滴眼泪。
有紫褐色的，有红褐色的，
它还有一个美丽的名字——"湘妃竹"。
这里面有一个凄美的故事……

二

舜帝晚年的时候，
为了老百姓，不顾年事已高，
常常亲自到南方各地去巡视，

途中病重,死在了鸣条①这个地方。
噩耗传来,
全国上下啼天哭地,
像自己死了父母一样悲伤。

三

人们呜咽着,把舜帝埋葬在了九嶷山②上。
那里树木繁茂,竹林幽深。
青石间泉水叮咚,山涧里溪水流淌;
山腰萦绕着白云,云间飞翔着仙鹤。
人们希望舜帝在这里好好休息。

---

①鸣条:在今山西运城市东北。商汤伐夏桀,战于此。《尚书·伊训》:"造攻自鸣条。"《史记·殷本纪》:"桀奔于鸣条。"《尚书正义》引《括地志》:"高涯原在蒲州安邑县北三十里南阪口,即古鸣条陌也。鸣条战地,在安邑西。"一说在河南封丘县东。又称高侯原。

②九嶷山:位于湖南省南部永州市宁远县境内。汉司马迁《史记·五帝本纪》:"(舜)践帝位三十九年,南巡狩,崩于苍梧之野,葬于江南九嶷,是为零陵。"

噩耗传来,全国上下啼天哭地,
像自己死了父母一样悲伤。
人们呜咽着,把舜帝埋葬在了九嶷山上。

四

舜帝有两个妃子。

娥皇端庄秀丽,女英清秀文静。

她们不仅美丽善良,还是舜帝执政的好帮手。

她们与舜帝的感情甚好。

老百姓相约保守秘密,

不告诉她们丈夫去世的消息,

怕她们承受不住悲痛。

五

一天,娥皇提了水,在井边休息。

突然听到身后的两只黄鹂说起了人话。

一只说:"我们伟大的舜帝死了,你知道吗?"

另一只说:"我也听说了。 现在恐怕只有娥皇和女英不知道了。"

娥皇听后如五雷轰顶,顿时眼冒金星,

站起来踉跄了几步,差点儿跌倒。

受惊的鸟儿飞走了。

她耳边久久萦绕着鸟儿们的话:

一天,娥皇提了水,在井边休息。

突然听到身后的两只黄鹂说起了人话。

一只说:"我们伟大的舜帝死了,你知道吗?"

另一只说:"我也听说了。现在恐怕只有娥皇和女英不知道了。"

"舜帝死了,舜帝死了,舜帝死了……"
娥皇只觉得天旋地转。

六

娥皇和女英得知心爱的丈夫死了,
悲痛得连肝肠都要断裂了。
她们不顾大家的千般阻拦,万般劝说,
执意要前往舜帝的坟前凭吊。
一路上她们日夜兼程,风餐露宿。
鞋子破了,光着脚也继续往前走;
衣服烂了,用树皮草茎做成新衣。
女英的手,被冰雪冻得红肿,长满了疮;
娥皇的脚,被石路打起了泡,磨出了血。
女英娇美的脸上,满是藤蔓勒出的伤痕;
娥皇乌黑的鬓角,已有风霜染出的白发。
黄鹂鸟很同情她们的遭遇。
干粮没了,就帮她们衔来山林里的野果子;
水喝完了,就为她们取来山谷中的甘泉水。

一路上她们日夜兼程,风餐露宿。
黄鹂鸟很同情她们的遭遇,
干粮没了,就帮她们衔来山林里的野果子;
水喝完了,就为她们取来山谷中的甘泉水。

七

日复一日,一路上姐妹俩互相扶持。
终于远远望见了丈夫的坟。
周围是一大片幽深的竹林,
簇拥着舜帝那小小的坟墓,
显得如此静谧、安详。
娥皇忍住悲痛叹道:"人的一生是这样短暂啊!"
女英哽咽道:"丈夫死得其所,死得其所……"

八

然而想到从此再也看不见丈夫,
想到以前与他生活的点点滴滴:
他对父母是那样的孝顺谦和,
他对妻子是那样的温柔体贴,
他对百姓是那样的仁慈宽厚,
他是个那样好的人……
想到这里,姐妹俩再也忍不住,
扑倒在坟前号啕大哭起来。

九

突然间，天空阴云密布，遮住了骄阳，
随后下起了瓢泼大雨。
她们哭了好久好久，
大雨也持续了好久好久。
她们的泪水，混合着雨水，
一些挥洒向竹枝，
一些浸润到脚下的泥土里……

十

雨终于停了，太阳又悬挂到空中。
竹林里升起了缕缕青烟，
在太阳的照射下，显得奇光异彩。
娥皇、女英不见了踪影，
只见所有的竹枝上都长出了紫褐色和红褐色的斑点。
人们都说，娥皇女英对夫君的爱至死不渝，
投进了湘水，化成湘水女神，
绕着这方竹林，永远陪伴着舜。
而那些竹上的斑点都是她们的眼泪。

周围是一大片幽深的竹林,簇拥着舜帝那小小的坟墓,姐妹俩再也忍不住,扑倒在坟前号啕大哭起来。

只见所有的竹枝上都长出了紫褐色和红褐色的斑点。

人们都说,娥皇女英对夫君的爱至死不渝,

那些竹上的斑点都是她们的眼泪。

【衍说】

湘妃得名于湘水,为湘水之神。她原本是帝尧的两个女儿娥皇和女英。她们嫁帝舜为妃,帮他摆脱了瞽叟、继母和弟弟象的迫害,助他登上了帝位,成就了伟业。在她们身上,人们能看到纯德、笃行的品质。这正是汉代刘向将她们列在《列女传》之首的缘由。

爱情是古今中外文学作品中亘古不变的主题。湘妃泪洒斑竹、没于湘水是为情所动。湘妃因丧夫而恸哭,最后选择随舜帝而去。斑竹和湘水见证了湘妃对爱情的坚贞,对丈夫的不渝,她们自然是中国历史上典型的贞女、烈女。

古今文学作品中多次出现的湘妃形象,源自娥皇、女英与湘水的结缘。自屈原的《湘君》《湘夫人》以来,湘妃成了文人寄托悲伤情绪的理想意象,用以抒发怀古、悲客、哀伤之情。晋代郭璞《山海经图赞》有《神二女》曰:"神之二女,爱宅洞庭。游化五江,惚恍窈冥。号曰夫人,是维湘灵。"其中的"湘灵"和"神二女"指的就是传说中的湘水之神。汉代刘向编撰的《列仙传》有郑交甫与江妃二女人神相恋的故事。"江妃二女"不是说江妃的两个女儿,而是指江妃又称"二女"。郭璞认为"神二女"和"江妃二女"一样,其名也是"二女"。《离骚》《九歌》称湘夫人为"帝子"是对的,"帝之二女"也就是天帝之子二女。郭璞不赞成"帝之二女"是尧帝之女,虞舜之妃娥皇、女英的说法。他在注中说:"按《九歌》,湘君、湘夫人自是二神,江湘之有夫人,犹河洛之有宓妃也,此之为灵,与天地并矣,安得谓之尧女?"在赞辞中,他写神二女浪游湘、资、沅、澧和潇诸水,神女形象不断发生奇异的变化,混沌不清,隐约难辨,悠远而又渺茫,说明这是一个更为古老的神话传说,也有不宜把神二女坐实为尧女舜妃的用意。赞辞最后作结说,人们把神二女称为湘夫人,也就是湘水之女神——湘灵。这则赞辞主要写对湘水之神的赞颂,也透露了郭璞对"帝之二女"的独特见解。(参阅郭璞原著,王招明、王暄译注《山海经图赞译注》)

毛泽东一首七律广为传颂:"九嶷山上白云飞,帝子乘风下翠微。斑竹一枝千滴泪,红霞万朵百重衣。"诗中充满诗情画意的自然风光,描绘无数革命烈士的鲜血和生命演化成斑竹一枝,红霞万朵,表达了对牺牲烈士和亲人的怀念,抒写了湘女更壮丽的人格形象和文化精神。

而竹作为四君子之一,本身代表着正直、虚怀、卓然、有节。这既是竹意象的艺术生命,也是文人推崇的理想人格。斑竹意象将竹之品质与二妃之德自然而然地联系在一起,被广泛地运用在诗歌作品中,湘妃与舜帝的凄美爱情故事也因此流传至今,感人至深。

湘妃泣竹

后 记

　　本来打算于年初出版的这套新书《中华远古神话衍说·三皇五帝》(共八本)，因为疫情的影响，只得延后出版。 不过，这也才使原本因为忙碌而缺失的后记有机会补上。

　　2020年春节，这场突如其来的新冠肺炎，一方面拉大了人与人之间的距离，甚至于隔绝或永别，另一方面也无形中缩短了人们心灵的距离。 泱泱中华，空前团结，用德行感动着世界。 疫情如同一面照妖镜，照出世间百态，照出国际风云。 与此同时，也放慢了我们的脚步，让我们有了更多时间去回忆、去思考、去展望。

　　诚然，中华民族自古以来就具有勇于担当、不畏艰险的精神。 这套丛书里的故事，无论是大家比较熟悉的《夸父逐日》《精卫填海》《女娲补天》等，还是比较陌生的《青要山女罗》《黄帝斩恶夔》《孤独的旱魃》等，无不体现着这种精神。 中华民族还是个崇尚天道、充满仁爱的礼仪之邦，这体现在《三年成都》《承云之歌》《凤鸟立志》等故事中。 此外，中国古代的民主和法制精神，同样也可以在本丛书的故事中找到，如《绝地通天》《后土与噎鸣》《陆吾和英招》等。 甚至有对人性的思索，如《简狄和建疵》《神奇的大耳国》《月仙泪》等。当然,每一篇神话故事,我们若从不同的角度去思考和解读,又会有不同层面的获得。但有一点是共通的,那就是我们在祖述我们伟大祖先和神话英雄的同时,难道不也正是在千百遍地肯定着、传播着这些精神吗?统而言之,与西方神灵崇尚个人主义、高高在上不同,中国神灵崇尚家国天下,始终关怀着民生、代表着民意。

荣格早就指出,对于散失了灵魂的现代人来说,神话意味着重新教会我们做人。坎贝尔用他神话学专业的敏感告诉人们,古老神话永恒地释放着正能量。关于神话,摩尔根、马克思、恩格斯,其实都有过卓有见识的探索,对于其中所蕴含的人类智慧质素,也从不吝赞美。神话思维,与务实、中庸等一样,同样是我们这个民族的基因。

神话是一个民族的根。它连接着古代与现代,使伟大祖先和神话英雄们的血液仍在我们身体里汩汩流淌。传承是我们信仰的核心。越是久远,越是本质。朋友们,跟随这套书,来进行我们的文化寻根吧!不仅是自己的寻根、孩童的寻根,更是每一位中华儿女的寻根。这不是历史的考证的寻根,而是想象的心理的寻根,这才是真正的本质的寻根,才是"我从哪里来""我要到哪里去"的寻根。所寻之根,血脉之源,生命所系,民族所倚,万物所梦。

我写这套书有几个促因。

以我个人在神话研究领域的工作来说,这是我所做努力的第二个阶段。第一个阶段是从性别文化的角度对中国古代神话做整体性研究。 2004年的夏天，我师从恩师李诚先生进行硕士阶段的学习，由此开始了我的神话研究之旅。 后来，我的博士研究方向，依然是中国古代神话。 在恩师项楚先生的指导下，三年的深耕细作，别有洞天。 工作以后，在忙碌的教学之余，我仍然舍不得放弃神话研究，先后主持完成了"女性神灵研究""性别文化视域下的神话叙事研究""从厕神看中国文化的基质与动力""中国厕神信仰考论"等神话类课题。 尤其是2014年我主持国家社科基金项目"中国厕神信仰考论"时，对中国神话的存在状态和意义又有了新的认知。 我渐渐感受到，中国是不缺乏优秀文化的。

同年10月15日，习总书记在北京全国文艺工作座谈会上指出，文化是民族生存和发展的重要力量，文化自信是更基础、更广泛、更深厚的自信。 因此，当代社会需要结合新的时代条件传承和弘扬中华优秀传统文化，不断增强中华优秀传统文化的生命力、影响力，增强中华儿女的文化自信，实现中华文化的创造性转化和创新性发展。

在此过程中，越来越多的人参与到传承经典、发扬文明的大潮中来，近年掀起的"国学热"就是其中一例。 我理解，"文化自信"的本质，就是对民族之根的自信；"国学热"的背后，就是对民族之根的追求。 如前所述，中国神话连接着古代与现代。 时至今日，伟大祖先和神话英雄们的血液仍在我们身体里汩汩流淌。 中国神话，是最相宜的寻根之路。 随后我便开设了一门选修课"中国古代神话"。 在授课的过程中,很多学生对神话非常感兴趣。我在梳理神话原典的同时,也常加上自己的研究心得,拓展开来,不知不觉讲了一个学期。不过那时,我的主要精力不在此,对神话的普及工作还未做深入的思考。

2015年5月,我的女儿上颐满三岁。她开始对神话特别感兴趣。这时,我也有机会开始系统搜罗神话普及类读物。但结果却让我疑惑:怎么会没有写给我女儿的神话故事呢?在中国的大地上,竟然西方神话故事多于中国神话故事,难道中国神话故事就那么寥寥无几吗?百年来,中国神话研究已经取得了丰硕的成果,但这些研究成果被束之高阁,大众无法触及。市面上的神话读物,大体有以下几个倾向。第一,故事重复、陈旧。第二,或是死守原典的直接翻译,或是无甚依据的随意改编。第三,也有取材于学术论著者,但专业性太强而大众审美性、可读性不足。第四,教育意义比较单一、生硬,未能与时俱进。而且,最为关键的是,大众对神话的理解并没有比一百年前更先进。神话本是一个民族的根,却被误认为是迷信;它本是一个国家的自信,而被误认为不切实际;它本是如今仍然汩汩流淌在我们身体里的鲜血,却被误认为是早已僵死在氏族时代的枯槁。正值经典阐释如火如荼的时代,我们为何唯独忘了神话?一想到这里,我便萌生出做一套大众类神话读物的愿想,产生了讲好中国神话故事的想法,甚至努力暂时撇开日常杂事,试着从专业学科的角度来思考谋划。一方面,可以讲给女儿听听，也算我作为母亲的一片心意。另一方面，也想弥补"国学热"中的一个缺环。

不久，好友许诗红的"力文斋"画室搞活动，邀请我去做嘉宾。她是个非常出色的画家，一手创办的"力文斋"也已经走过了21个春秋。多少孩子在这里收获了精湛的画艺、脱俗的审美，以及精彩的人生，她大概已经记不清了。那天，我们举办了"你讲我画"活动，即我讲神话故事，孩子们绘画。活动非常成功。后来我的朋友、学生们也积极参与进来。此后，我们又在成都周边的多所学校中多次组织这类活动，取得了很好的效果。这段随缘经历不仅让我获得了不少"讲故事"的技巧，更让我了解了大众（尤其是青少年儿童）对于神话故事的渴求、对于文化寻根的执着。与此同时，我要出版一套普及类中国古代神话小书的愿望更加迫切了，而且书写形式也更明晰了。

让我感到无比幸福的是，不少朋友听说这件事后主动给我打电话、发微信，表示对这套小书很感兴趣，希望在条件允许的情况下，能出一份绵薄之力。他们有的是大学教授、高级教师、律师、作家、心理咨询师等已经工作了的"社会人"，有的是我一手带大的研究生"娃娃"。李进宁、严焱、高蓉、付雨桁、税小小等参与部分文本写作；王自华、杨陈、王春宇、李远莉、苏德等不仅参与部分文本写作，还参与了出版前的校对工作；安艳月、工舒啸、韩玲等参与部分插画的绘制……凡为此书有过贡献者，我均已署名，在此不一一列举。特别是在我出国客座那一年，上述诸君为此书付出的心血与精力，是非常令人动容的。此间的汗水与泪水，狮子山下的509专家工作室可以见证；此间的情谊与幸福，早已经浸润在我们共同的作品中。

此外，我还特别感谢施维、陶人勇、肖卫东、许诗红等老师的指导，以及李诚、刘跃进、叶舒宪、周明等先生的推荐。感谢生活·读书·新知三联书店慧眼识珠，不遗余力地给予支持。正如前言所说，这套书的创新性是显而易见的，但是肯定还存在着不少问题，真切希望各位读者能不吝赐教，以便于我们进一步改进，讲好中国故事。

弹指五载，白驹过隙。启动此事，米儿才三岁，转眼就八岁了。参与者中有好几位母亲，应该和我感同身受吧！插画小组的韩玲，我初见她时，还是个苗条的小姑娘，转眼就做母亲了。我总预感，读者不仅能从这套丛书中读到有趣的神话，肯定也能嗅出几分母爱的天性吧！

最后，谨以此书献给雷上颐、林子言、梁泠芃、王晨曦、王艺晗小朋友。

是为记。

彦序　上颐斋

2020年4月29日